Du même auteur

Romans
Le matin du crocodile (Michalon)
La sentinelle des collines (SEDRAP)
Prix National des ConseillersPédagogiques
Les brumes d'ébène (SEDRAP)
La nuit de la cathédrale (TheBookEdition)
Era net dera catedrala (TheBookEdition)
Saloper le paradis (Fauves Editions- Michalon)
L'assassinat de Saint-Béat- 1 La rivière de la discorde (Cagire)
L'assassinat de Saint-Béat- 2 Débordements (Cagire)
L'assassinat de Saint-Béat- 3 Le cours de l'enquête (Cagire)

Albums
Anaïs et la chaussure (EBLA)
Anipuzzle (EBLA)
Roule verrou (EBLA)
Protéger les oiseaux (FOL)

Poésie
Bêtes à rire (SEDRAP)

Livres sur l'art
Place des Artistes (SEDRAP)
Le musée à l'école (SEDRAP)
L'Atelier de Miro (SEDRAP)
L'Atelier de Picasso (SEDRAP)
Détournement de copieur (Editions)
Sculptures, sculpture (Editions)
La figure, le miroir et le geste (FRAC)

Livres d'artiste
Picto Drame (Crayon Gris)
Lieux d'Écriture (Crayon Gris)
Un télex pour Nicolas F (Crayon Gris)
Picto Land (Crayon Gris)

Récits
Tickets, billets, étiquettes (CDC)
Lumière des ombres (TheBookEdition)
Stratégie du regard (TheBookEdition)

Dépôt légal: avril 2019
ISBN: 979-10-91175-00-5

Christian LOUIS

L'assassinat de Saint-Béat

1

La rivière de la discorde

roman

*Je remercie chaleureusement
Olivier Reynaud
pour sa relecture attentive,
rigoureuse, cultivée et savante
de professeur d'histoire géographie*

Le hasard de la lecture d'un journal du XVIIIe siècle me fit tomber sur le nom d'un petit village des Pyrénées Centrales. L'article traitait d'un assassinat.

Je décidai alors d'entamer quelques recherches, puis d'aller voir sur le terrain. Emprunter les chemins, retrouver maisons et châteaux, certains désormais endormis sous les ronces. Cette affaire avait sombré dans l'oubli.

Quelques notes, puis des phrases, puis un petit texte qui se mit à croître en parallèle de la collecte d'archives. Tout un monde complexe me réapparut alors, celui de ma contrée d'avant la Révolution. Je redécouvrais mon environnement. Les vieilles pierres se mirent à raconter bien des histoires. J'allais de découverte en découverte sur le mode de la surprise. Les noms de rues, les personnages officiels de l'histoire locale ou nationale dévoilaient une face cachée, inattendue, captivante. Une autre vision se dessinait par cet accès aux coulisses de l'histoire.

Ainsi se construisit ce roman écrit sur plusieurs années en même temps que la recherche de sources, récit très souvent modifié pour coller au plus près de la référence historique.

Pour quelles raisons cet assassinat avait-il été commis

puis occulté de la mémoire ? Un véritable puzzle s'élabora alors, composé d'un nombre considérable de pièces parfois modestes mais indispensables à la compréhension d'un fait divers sanglant, mais aussi, plus captivant, d'un territoire, des hommes qui le peuplaient, des us et coutumes qui organisaient leur quotidien, des soubresauts qui l'agitèrent.

Mon enquête me fit entrevoir des pistes que j'explorais avec gourmandise, dans le plaisir de la recherche et de l'écriture.

Le matériau historique me fut d'un grand secours pour limiter les zones d'inconnu à nourrir d'un imaginaire dessinant le probable.

En fin d'ouvrage quelques cartes, la présentation brève de plusieurs personnages principaux ayant existé faciliteront la lecture.

Une bibliographie et les références des sources compléteront cette publication et ouvriront d'autres pistes.

Il est des drames qui surgissent comme un coup de foudre soudain, brutal et destructeur. Il en est d'autres qui s'élaborent peu à peu, par mille et une petites touches insignifiantes. Une situation se construit ainsi par fragments, hors la conscience propre de ses acteurs. L'accumulation produit une tension. Un jour, les digues craquent. Le drame est là, incompréhensible à qui méconnaît la sédimentation préalable. Cette histoire en est l'illustration tragique. Tout commence réellement trente ans avant le meurtre.

Pour autant, le lecteur n'oubliera pas que, même basée sur des personnages, des faits réels et une solide documentation, cette histoire est un roman.

Deux hommes s'avancent sur le chemin recouvert d'une neige durcie par le froid glacial. Le jour va bientôt s'effacer. Quelques rares lueurs subsistent encore.

L'un d'eux, la cinquantaine, porte fièrement son tricorne. Il marche d'un pas décidé. Le menton haut et l'allure altière, il parle fort.

A ses côtés, un jeune homme l'écoute tout en suivant le rythme rapide des pas. Il attend une respiration pour intervenir dans la discussion. Les traits des visages trahissent d'étroits liens de parenté.

Derrière un mur de pierres sèches, près de l'imposant rocher qui pointe l'angle d'un verger en sommeil hivernal, une silhouette sombre observe l'arrivée des deux promeneurs. Posté comme pour attendre ses proies, l'individu au large chapeau, couvert d'un manteau gris, tente de se dissimuler. Il jette un œil attentif sur le chemin. Rien ne vient du château de Rap, à une volée de plomb de là, en contre-bas du chemin. La demeure de François de Bessan, Procureur du Roi, s'assoupit en cette fin du jour. La silhouette retire lentement son couvre-chef, le pose sur la neige. Un foulard masque son visage. Ses yeux brillent d'un éclat de fièvre. Il épaule un fusil, arme le chien, retient son souffle.

Les deux hommes s'approchent et dépassent le mur. Ils tournent maintenant le dos au guetteur. Ils s'alignent fatalement sur son viseur qui ne tremble pas. Un coup claque, sec ! L'un des hommes s'écroule, mortellement touché. Cri ! Le plus jeune s'affaisse en un même effondrement, puis se roule dans la neige et s'agite en tous sens, se tenant le bras. Hurlements ! La douleur acide et rauque gueule et rebondit sur les falaises sombres avant de s'évanouir dans la soirée glaciale de cette fin de journée de janvier 1781. Bertrand de Fondeville, seigneur de Marignac, trépasse, fauché par deux balles de métal. Son fils Pierre-Clair gît à ses côtés sérieusement blessé.

- Martin ! Canaille de Martin fils cadet ! hurle le jeune homme. Tu as tué mon père ! Maudit Martin...

Au château, le coup de feu a fait sursauter. François de Bessan accourt faisant fi de la neige. Il découvre les deux corps allongés.

- Mes amis ! Mes amis !

PREMIERE PARTIE
Les pièces du drame se mettent en place

1

33 ans auparavant...
Le *19 juin 1748*
près de Saint-Gaudens
14 heures et 20 mn

Ils contournèrent la bastide de Valentine par le chemin du nord. Les sabots de leurs chevaux résonnèrent sur le tablier du long pont de bois jeté sur la Garonne. Le fleuve, peu adouci par la plaine, rugissait encore en contrebas mais sans passion ni colère. La fraîcheur espérée des eaux vives ne pouvait atteindre la route poussiéreuse.

Une sale chaleur poisseuse figeait le moindre souffle de vie dans une lumière aveuglante, vive et acérée. Il fallait tout de même se hisser sur le plateau. Les deux cavaliers talonnèrent leur monture. Sur l'autre rive, une large plage s'ouvrait sur plusieurs chemins. Le leur, à droite, s'annonçait plus court mais plus raide aussi. Un ruisseau asséché à franchir et une petite falaise de terre ocre à escalader. Ils s'élevèrent lentement au-dessus de la plaine de Garonne, au rythme chaloupé du pas adroit et fiable des chevaux. Le fleuve se dessinait maintenant en un long serpent d'argent musardant entre prairies et peupliers.

Ils accédèrent enfin au replat qui marquait la limite ouest du plateau occupé en partie par la petite ville de Saint-Gaudens. Le premier cavalier s'arrêta un instant. Au loin, la chaîne des pics élevés de Pyrène conservait encore de rares neiges d'altitude. Elle formait une redoutable barrière dressée entre le royaume de France et celui d'Espagne. A ses pieds, les contreforts s'arrondissaient en montagnes plus émoussées, couvertes de forêts et de prairies. Plusieurs torrents venaient creuser de profonds sillons qui s'élargissaient en plaines fertiles offrant un terrain favorable aux arbres fruitiers, aux vignes en hauteur. Des villages rassemblés autour de leur église ponctuaient ici et là un paysage habité et industrieux. Les rivières délivraient leur force à nombre de moulins. Plus en aval, les collines perdaient de leur hauteur jusqu'à s'aplanir en accompagnant la Garonne vers Toulouse.

- Allons-y ! dit le deuxième homme pressé d'arriver.

La route empierrée virait à gauche, puis à droite en un angle droit. Prenant la direction de l'Est, elle traversait une lande déserte mitée habituellement de mares et de terrains boueux. Ce soleil de juin les avait réduites à l'état moribond de vieilles peaux de terres ocre craquelées.

A leur droite, un petit château endormi délégua l'un de ses chiens qui s'époumonait en vain.

Les hauts murs de Saint-Gaudens se rapprochèrent enfin, de même que le nouveau chemin royal venant de Montréjeau. Il traversait lui aussi cette lande abandonnée de ses bestiaux, mais plus au Nord. Les deux voies se rejoignaient devant le couvent des sœurs de Notre Dame de Nevers. Le chemin commun longeait ce sombre et sévère édifice.

Les cavaliers cheminèrent au plus près des bâtiments puis des puissants murs de la chapelle pour profiter d'une ombre salutaire. Le jardin du couvent clos d'une enceinte de galets laissait s'envoler le chant monocorde des religieuses assemblées sous les frondaisons.

La vieille ville de Saint-Gaudens s'étalait sur un large plateau qui surmontait la vallée de la Garonne comme un balcon ouvert sur les Pyrénées. Au Nord, des collines se plissaient en douceur. La cité gasconne, développée à partir d'un édifice religieux, grandissait tant à l'ombre de ses murailles qu'elle dut déborder pour recevoir une population attirée par son commerce. Aujourd'hui, remise des heurts des guerres de religion et de ses destructions, elle prospérait autour de sa collégiale médiévale et de son marché. L'Evêque de Comminges y avait élu domicile, bien que son siège trônât officiellement en la Cathédrale de Saint-Bertrand de Comminges, village perché sur une colline qui surplombait l'antique Lugdunum Convenarum.

Les deux hommes traversèrent le chemin public. L'un des cavaliers regarda à droite les arbres fruitiers qui suaient dans le jardin du sieur Carrera, charpentier de la ville. Il s'imagina pouvoir croquer une belle pomme juteuse. Mais l'automne semblait trop loin encore pour bénéficier de ce nectar. Les galets du mur d'enceinte restituaient avec générosité et sans mesure aucune la chaleur accumulée. Aujourd'hui, il ne fallait pas espérer une once de fraîcheur, pas même celle si âcre des eaux usées du fossé. Voilà belle lurette qu'elles avaient rejoint les nuages, abandonnant sur le fond de la large tranchée, une vase asséchée enrichie de ses miasmes assoupis.

Les deux visiteurs franchirent le pont de pierre dont l'arche se courbait sur le fossé. Derrière ses défenses à l'appareil de pierres érodées, Saint-Gaudens somnolait. Il est des jours où l'on apprécie son chapeau. Il en est même qui inviteraient à se plonger dans l'onde fraîche de la rivière. Encore faudrait-il en avoir le loisir et ne pas être attendu.

Les cavaliers passèrent la porte du Barri Bigourdan. Trois hommes d'armes accablés par la canicule, effondrés contre le mur et absorbés par l'ombre tiède, dévisagèrent les courageux avec détachement.

Les pas des chevaux claquaient maintenant sur les pavés de la Grand-Rue bordée de modestes boutiques. Elle prolongeait le chemin royal et traversait une cité désertée.

- Tous les jours ne sont pas des jeudis ! lança Pierre de

Fondeville à son fils Bertrand resté en retrait.

- A vingt-et-un ans, père, répliqua le jeune homme, on se passe de telles remarques ! On est capable de le voir sans aide aucune !

- Tout doux mon fils ! Le soleil vous chauffe-t-il les oreilles ? Votre gorge appelle-t-elle l'urgence d'un frais breuvage ?

- Vous voyez juste mon père. J'allais en faire requête ! Mais comme vous, j'ai constaté l'inactivité du bourg.

- Je salue votre sens de l'observation mon fils ! Je vous sais capable de lire que la ville n'a pas été envahie par la campagne.

Le jeune homme se décrispa et s'abandonna même à un léger sourire. Aucune magie ne vint l'aider à remarquer l'absence du moindre capulet[1] rouge des femmes portant œufs ou fromages dans leur panier.

Tout visiteur curieux aurait constaté cette désertion des activités communes et habituelles. Point de troupeaux s'abreuvant aux mares putrides oubliées dans les fonds des anciens fossés du Nord. Pas plus de charrettes de marchandises se disputant l'entrée, ni de citadins courant les rues.

- Me mènerez-vous un jour en ce marché du jeudi, père ?

- Assurément ! Il diffère peu de notre foire de la Saint-Martin, à Saint-Béat. Vous y découvrirez les mêmes ruses. Soyez bien attentifs. Ici, les marchands sont plus retors. Ils ne peuvent imposer leur prix. Les acheteurs ne sont point soumis, obligés de venir sur nos prétentions, comme nous l'imposons aux villageois du Val d'Aran.

- Revendiquons bien peu de mérite à savoir user de ce

---

[1] *Sorte de coiffe en forme de capuchon, en tissage de laine assez grossier mais imperméable.*

coup de force ! Nous sommes leurs seuls interlocuteurs ! Sans nos marchandises, leur vallée serait affamée.

- Vous voilà féru de politique désormais ! s'amusa Pierre aux dépens de son fils toujours sur les nerfs. Regardez bien Bertrand ! Écoutez, observez, vous en tirerez moults enseignements et quelques précautions fort utiles à vos futures affaires. Il est grand temps maintenant de vous intéresser de plus près à mes transactions.

L'étroit défilé de maisons à colombages menait à la collégiale dont ils ne percevaient que le sommet de son clocher trapu et massif qui s'extirpait des constructions de bois appuyées contre son mur.

Ils mirent pied à terre avant d'arriver devant le portail de l'imposant édifice.

Bertrand, plus à l'aise dans ses forêts de la vallée de Luchon, savait qu'il était d'importance de graver dans sa mémoire la place de chaque chose pour espérer se guider sans peine et sans se perdre par la suite. Les petits villages à proximité du château familial de Saint-Mamet n'avaient plus aucun secret pour lui. Il connaissait la moindre venelle, la plus petite impasse. Le bourg de Saint-Gaudens, territoire nouveau à conquérir, le décontenançait quelque peu. Son regard acéré se concentra pour mémoriser les alignements et les croisements de rues, les enseignes des boutiques.

De la place du Puits-Clos, à gauche, la petite rue Saint-Bernard filait vers le nord. Au beau milieu de cet étroit et sombre défilé de façades, une apparition d'une blancheur éclatante glissa à pas ralenti comme un spectre discret. L'étrange silhouette enveloppée dans une longue tunique blanche s'éloignait. Un frère Dominicain cachait sa tête sous une large capuche. Il regagnait certainement le couvent que l'on devinait au débouché de la rue, derrière une double rangée de tilleuls.

Pierre observa son fils intrigué. Il comprit que celui-ci avait le désir de bien connaître le bourg et il s'en félicita.

- Apercevez-vous le couvent des Jacobins après ces arbres ?

Bertrand hocha la tête sans enthousiasme.

L'enseigne suspendue au mur d'une des premières maisons ne pouvait espérer grincer aux forces du vent. Pas le moindre souffle pour venir libérer le pavé et les façades de cette infâme chaleur. L'immobile plaque de bois illustrée d'un double fer à cheval ne pouvait tromper sur le commerce du sieur Talazac affairé à sortir du fumier avec son râteau de bois. Ils lui confièrent leurs chevaux qu'il dessella avec dextérité avant de les rentrer à l'écurie. Une pièce brillante tournoya en l'air avant d'atterrir dans sa main puis de se loger dans la profondeur de sa bourse. Il se courba généreusement en guise de remerciement. Il saisit un seau, entra dans la cour et se rapprocha de son puits. Il attacha le récipient de bois à la corde et le laissa choir dans les tréfonds de la terre.

- Venez mon fils ! coupa Pierre de Fondeville. Le sieur Joly doit patienter en son bureau.

Le père ouvrit la marche, suivi de Bertrand. Ils s'insinuèrent dans la ruelle sombre et puante. Une rigole centrale recueillait les eaux usées stagnantes qui empestaient l'air d'une odeur âcre, prisonnière de l'étroit espace entre les maisons.

Bertrand de Fondeville couvrit son nez et sa bouche de son foulard.

- Maudits soient les malotrus qui vident leur pot par la fenêtre été comme hiver ! La peste soit des propagateurs de miasmes.

Un chien hirsute vint se désaltérer à cet méchant filet

lorsque les deux hommes débouchèrent sur un vaste espace désert.

- Place Saint-Bernard, nous ne sommes pas loin ! lâcha le père. Elle marque la limite nord de la ville.

Au-dessus de l'enceinte se dessinaient les toits et les murs du couvent des Jacobins. Ses puissants contreforts régulièrement espacés jouaient entre ombres et lumières dures. Il se déguisait pour un temps en squelette de baleine géante espérant engloutir son Jonas.

Un mendiant en guenille s'approcha d'eux la main tendue. Bertrand le repoussa sans ménagement. Le vieux recula pour s'effacer dans l'ombre du profond porche d'une porte cochère.

Ils bifurquèrent vers la droite pour tourner ensuite sur la rue de Simonet. Devant la petite chapelle, ils se dirigèrent vers l'est.

- Marchons en direction de la porte de la Trinité ! dit Pierre de Fondeville en montrant du bras une rue plus large, plus aérée.

L'artère pavée avait remplacé les anciens fossés et le mur d'enceinte du Moyen-Âge. Une belle maison sortait de terre. La façade s'élevait en un premier étage, rythmée d'ouvertures disposées symétriquement de part et d'autre de la porte d'entrée. Des blocs de marbres et de pierre grise de Gourdan déjà taillés gisaient sur le sol, attendant d'être agencés. Maître Carrera, reconnaissable à son chapeau à larges bords donnait des instructions à ses compagnons charpentiers. Il montrait de sa mine de plomb, les détails d'un ajustement de solives dessinés sur une feuille qu'il avait clouée sur une planche. Plusieurs apprentis sciaient avec abnégations une poutre de chêne. Deux autres s'affairaient à attacher des madriers à la corde qui pendait de la poulie fixée sur un mât incliné au sommet de la façade.

Les deux hommes s'arrêtèrent bien avant d'arriver au pied de la prison nichée dans la tour de la porte Sainte Catherine, juste avant la sortie Est de la ville. Ils se trouvèrent devant l'entrée d'une élégante et récente bâtisse, plus sobre de façade que les hôtels particuliers du moment, mais plus luxueuse que les édifices à colombages des autres rues.

Une série de grandes fenêtres identiques parcourait le rez-de-chaussée. Surmontant tout linteau, chaque arc légèrement cintré présentait une clé en saillie. Encadré par deux colonnes terminées par des chapiteaux sculptés de végétaux en guirlande, il était surmonté d'un fronton triangulaire. Les grands volets ajourés s'entrouvraient pour laisser entrer une lumière acceptable dans les salons de travail de l'Inspection des Manufactures. Un entablement de pierre grise s'étirait au-dessus des fenêtres. Il séparait le bas du bâtiment de l'étage percé des mêmes ouvertures aux persiennes fermées pour maintenir une certaine fraîcheur dans les appartements de monsieur l'Inspecteur. Une mince et élégante corniche courait tout le long du haut de la façade de pierre pour la démarquer du toit. La coquette lucarne ornée, surmontée elle aussi d'un petit fronton, rehaussait l'axe de symétrie en prolongeant le perron de l'entrée. Alignements, répétition régulière des formes et des espacements, tout indiquait une rigueur, un équilibre, mais aussi la puissance du pouvoir royal.

Bertrand s'attardait encore sur des détails de l'édifice quand son père lui fit signe de s'approcher. Pierre de Fondeville actionna le heurtoir de fer forgé avec force et vigueur. Un valet leur ouvrit, redressant sa perruque et ajustant sa livrée jaune vif.

- Monsieur l'Inspecteur est en visite à Valentine. Que

vos nobles seigneuries daignent se donner la peine d'entrer.

Le vestibule au sol dallé de noir et blanc s'ouvrait sur une grande pièce percée de plusieurs portes doubles. Sur l'un des murs s'adossait un large escalier, double lui aussi, en marbre de Saint-Béat. Son garde-corps en fer forgé rehaussé de plaquages dorés illustrait à la perfection la dextérité légendaire de Bompunt, maître ferronnier de la ville.

Le valet introduisit les visiteurs dans un salon. Il leur désigna des sièges vides d'un lent geste du bras, sans se départir de cet œil dur, froid et interrogateur qu'affichaient les Baroussais quand un étranger entrait sur leur territoire.

La vallée de la Barousse, avec celles d'Aure, de Neste et de Magnoac, formaient, au centre de la chaîne, l'Etat des Quatre-Vallées, riche de ses coutumes et fier de ses privilèges qu'il savait défendre avec vigueur. Les Pyrénées offraient une suite de vallées orientées du Nord au Sud où les rivières devenaient plus tonitruantes en amont. Un peuple rude, querelleur et toujours prompt à lever le bâton, habitait de petits villages qui s'accrochaient sur les pentes de la montagne. Les Baroussais s'étaient déjà illustrés lors de la visite de Monsieur de Froidour en 1668. L'envoyé du Roi se devait d'inspecter les forêts des Pyrénées centrales à la recherche d'arbres remarquables par leur taille, leur hauteur et leur rectitude, et donc aptes à en faire de solides mats pour la flotte en construction à Rochefort. Les bâtons furent brandis lestement à l'entrée de plusieurs villages et monsieur de Froidour, dans ses lettres, écrites depuis le château de Barbazan, insista sur la rudesse des populations des vallées.

- Pouvez-vous patienter ici, messeigneurs ?

Pierre et Bertrand de Fondeville abandonnèrent leur

couvre-chef au laquais et se laissèrent choir dans les fauteuils de cette grande pièce lumineuse et fraîche. Sur les murs plaqués de boiseries sculptées, une série de portraits fixaient du regard les deux visiteurs. Le plus central livrait en majesté l'image d'un homme au visage massif encadré d'une perruque frisée brune retombant sur l'hermine qui couvrait ses épaules. Son habit rouge vif accentuait sa prestance. Une main semblait vouloir se tendre vers le spectateur.

Voyant que Bertrand regardait intensément ce portrait au faciès grave, Pierre anticipa sa question.

- Joseph-Gaspard de Maniban préside le Parlement de Toulouse. Reconnaissez-le à son habit. Très vieille famille du Gers ! Leur château se trouve au sud de Condom.

A ses côtés, sur le même mur, trônaient d'autres membres du Parlement de Toulouse en costumes sombres de leur fonction, ainsi que deux ecclésiastiques de haut rang. Une pendulette accompagnée d'une porcelaine de Sèvre égrainait ses cliquetis réguliers sur une cheminée en marbre rouge de Sarrancolin. Bertrand s'approcha pour contempler ce biscuit.

- Très beau ! lâcha-t-il.

Une femme nue et dressée regardait avec détachement un homme qui lui rendait un regard riche d'admiration et d'émerveillement, renforcé encore par sa façon expressive de se tenir les mains. Bernard ne pouvait oublier les leçons de son précepteur. Coincé dans sa chambre quand il aurait voulu courir à travers bois sur la piste des cerfs, il avait dû ingurgiter des sommes de connaissances. Les Évangiles, bien sûr ! La vie de nobles familles, à l'évidence. Lois et coutumes du pays, fables d'Esope et de La Fontaine, rudiments de latin… La mythologie grecque l'avait également nourri jusqu'à plus faim pour élaborer des métaphores indispensables à sa compréhension du monde et des hommes. Il reconnut Pygmalion agenouillé aux pieds de sa créature, Galatée. La beauté irradiait de cette femme.

Bertrand ne connaissait pas encore sa promise. Ou du moins, il ne l'avait jamais encore rencontrée. Tout juste savait-il le nom de sa famille évoqué quelquefois lors de très discrets conciliabules au château de Saint-Mamet. Le cercle restreint discutait alliances, évaluait la valeur des terres, des titres, spéculait sur la possibilité de rentes et de situations. La famille de Fondeville à l'implantation peu visible en fond de vallée de Luchon, si loin des tumultes de la Cour, avait hésité entre plusieurs partis. Pour s'accorder au mieux de ses intérêts avec les prestigieux de Lassus, dont le père avait reçu la charge de Contrôleur général des Marbres du Roi, elle s'obligeait à faire encore croître sa fortune. Non qu'elle ne fut déjà conséquente, mais elle se devait d'être plus visible, plus désirable, plus marchandable dans le cadre de transactions stratégiques. La dépense allait ouvrir de nouvelles lignes dans le grand livre de comptes du château. Un investissement à la rentabilité envisagée avec sérieux car cette famille d'un grand serviteur du Roi offrait un accès possible à la Cour. La cause s'emporterait donc comme un marché. A ce jeu-là, Pierre de Fondeville ne se révélait pas le moins adroit des intrigants. La négociation demeurerait serrée tant les prétendants se pressaient aux portes de la maison de Montréjeau, la cité proche et rivale de Saint-Gaudens.

Bertrand devint songeur. Était-elle aussi belle que Galatée ?

- Chassons ce transport de notre esprit ! se dit-il, sûr de pouvoir surmonter l'épreuve de la conquête.

Il se recula pour mieux voir le tableau accroché sur la

cheminée. Un noble personnage en pied, vêtu à l'antique, en costume de Mars, tenait une lance et un bouclier. Il campait fièrement devant un paysage des monts de Pyrène. Qui était-il ? Rien ne se lisait de son caractère. Seul semblait compter sa fonction. Noble, il se devait d'accomplir son devoir de guerrier, de vassal du Roi, de bras armé de ses conquêtes.

Le dieu romain de la guerre lui offrait son costume et ses attributs pour mieux le proclamer homme d'armes fidèle et courageux, prêt à en découdre. Le portrait défiait du regard le seigneur de Saint-Mamet, Pierre de Fondeville et son fils Bertrand. Il toisait et toiserait de même tout autre visiteur.

- Vous ne m'avez pas entretenu du but de notre démarche, mon père.

Pierre de Fondeville ne fut pas étonné par la remarque et sembla même l'attendre. Elle combla le désir d'un père soucieux de voir son fils s'intéresser à la marche des affaires de la famille. Il serait un jour lui aussi en responsabilité de faire commerce, même si l'étiquette de la noblesse interdisait ces écarts. De Fondeville n'avait cure de pareilles réticences. Les pièces d'or s'entassaient dans le coffre de son château de Saint-Mamet et cela suffisait à leur satisfaction. Les temps n'étaient plus, pensait-il, au dialogue des armes, à la fureur des batailles, mais plutôt au jeu subtil du commerce. Allait-il laisser quelques astucieux marchands faire récolte de richesses pendant qu'il engloutirait la sienne dans de somptueuses fêtes destinées à flatter son prestige ? Moins de gloire serait son parti, peut-être, mais plus de confort en retour et un pouvoir tout aussi important. Laisser Mars à ses fureurs pour regarder du côté de Mercure, protecteur des marchands. Se nourrir des échanges entre les vallées.

Exploiter au mieux la situation. Un autre champ de bataille s'ouvrait en cette période et il voulait y triompher.

- Tendez bien vos deux oreilles mon fils lorsque je m'entretiendrai avec monsieur l'Inspecteur des Manufactures.

2

L'attente ne fut pas très longue. Trois coups sonnèrent au clocher de la Collégiale lorsque monsieur Joly entra dans la grande pièce, accompagné de l'un de ses gardes jurés. Il salua les visiteurs d'un geste ample tout en retirant son tricorne.

- Je vous souhaite bien le bonjour messires !

Il les invita à le suivre dans son bureau. Fonctionnaire du Roi, il savait que les deux gentilshommes, quoique de noblesse rurale, n'admettraient pas d'attendre plus longtemps. Son rang ne lui permettait pas cette indélicatesse, cette inconsciente prise de risque. Il lui faudrait donc parler à son garde juré devant les visiteurs.

Il déposa plusieurs feuillets sur son bureau.

- Rouméguère, veuillez préparer une missive. Notez mes recommandations.

Il se tourna vers ses visiteurs.

- Faites mille excuses de ma diversion, messires. Une affaire urgente m'oblige. Je suis tout à vous dans un bref instant.

Les de Fondeville acquiescèrent d'un lent basculement de la tête, légèrement souligné d'un froncement de sourcil appuyé du fils.

- Notez Rouméguère ! Il est fait extrême inhibition et défense de marquer moutons et brebis avec de la poix et du terque sous peine de trois cents livres d'amende !

Se tournant à nouveau vers ses visiteurs.

- Voilà que des laboureurs et des marchands remplacent

les marques de craie rouge par cette infâme poix qui endommage les toisons et en réduit la valeur. Il me faut les rappeler à leurs propres intérêts.

Pierre de Fondeville approuva tout en scrutant les traits du visage de cet Inspecteur. Il connaissait la réputation de Joly envoyé voici six ans pour mettre fin aux abus et aux fraudes locales. La contrée comptait un grand nombre de fabriques de tissus mais de qualité inégale. L'administration du Roi avait donc créé cette inspection pour y mettre bon ordre.

- Faites imprimer cette sentence au plus tôt ! Vous vous chargerez de la faire circuler dans les vallées les plus obscures.

Rouméguère approuva tout en finissant de faire courir sa plume sur le papier. Il plia la feuille en deux.

Monsieur Joly fit basculer avec délicatesse, le couvercle finement marqueté d'une cassette posée sur sa table de travail. Il en extirpa un sac de cuir sombre.

- Vous prendrez ces plombs de fabrique pour demain ! Avez-vous votre marteau ?

- Je ne m'en sépare jamais, dit Rouméguère.

- Ayez l'œil ! N'oubliez aucun tissage ! Toujours deux plombs par pièce d'étoffe. Et ne laissez pas traîner votre marteau.

Rouméguère sembla agacé par la remarque pourtant formulée avec courtoisie. Il saisit vivement la bourse, ainsi que du papier roulé, une plume et un petit encrier.

- Percevez sur-le-champ le sol et six deniers par plomb. Je dois envoyer un coffret au trésor du Roi à la fin du mois.

Monsieur Joly ne semblait pas sévère et dur. Soucieux du bon fonctionnement de sa juridiction, il était confronté à de nombreux délits. Dès sa nomination, il avait réuni tous les fabricants de textile en l'hôtel de ville de Saint-Gaudens pour leur faire part des normes légales et des règlements de leur commerce. Il avait constaté que le pyrénéen se montrait rebelle à toute règle venant de l'extérieur.

Le dernier délit en date lui causait quelques tourments.

- De fieffés coquins se sont mis en tête de falsifier nos plombs marqués des trois fleurs de lys. Circulent à nouveau sur nos marchés du Nébouzan, des étoffes de mauvaise qualité.

- J'ai ouï dire cela sur celui de Saint-Béat ! prolongea Pierre. Une rixe a opposé un marchand et un acheteur furieux de s'être fait duper !

- J'ai reçu avec satisfaction l'aide du Procureur Bessan de Rap et de son fils François qui va reprendre la charge de son père. Il s'apprête à instruire cette affaire avec le zèle qu'on lui connaît.

Bertrand sursauta. Ainsi le père de son ami François enquêtait à Saint-Béat. Des malandrins se tapissaient donc à l'ombre des méchantes falaises ?

Désormais plus attentif, il fixait le grand mur du salon de travail de l'Inspecteur des Manufactures et plus particulièrement une imposante feuille de papier toute en largeur. Elle représentait une partie du territoire du Nébouzan. Les reliefs colorés et ombrés s'ornaient des lignes sinueuses des moindres rivières. Sur des surfaces vertes, des arbres grossièrement schématisés montraient l'emplacement des forêts. Mais ce qui sembla attirer l'attention de Bertrand se dessinait d'un double trait plus gras, le chemin de la Garonne, de Labroquère à Cazères.

Monsieur Joly s'aperçut de la curiosité du jeune homme et sauta sur l'occasion pour rompre définitivement la glace.

- Vous intéressez-vous à la cartographie, monsieur de Fondeville ?

- Je découvre le royaume de notre bon Roi comme un aigle planant dans les airs.

- Voilà une bien belle métaphore ! Elle ne déplairait pas au sieur Hippolyte Matis à qui nous devons ces dessins. Il séjourna dans vos contrées pour lever les cartes de la Garonne et de ses environs.

Puis se tournant vers le père.

- Vous savez à quel point l'administration du Roi tient à obtenir les meilleurs marbres des Pyrénées, aussi bien ceux de Saint-Béat que ceux de Sarrancolin. Ces cartes qui montrent le fleuve jusqu'à Bordeaux indiquent les dangers et les obstacles. Elles sont indispensables pour organiser les flottages des radeaux.

Monsieur Joly marqua un temps d'arrêt.

- Je m'égare. Veuillez m'en excuser. Ceci est du ressort de ce bon monsieur de Lassus. Il revient en effet au Contrôleur Général des Marbres du Roi d'organiser ce commerce, d'en déjouer les difficultés. La Garonne est aussi capricieuse que ses riverains. Elle réserve de nombreux pièges, des rochers, des bancs de sables et souvent des moulins flottants qui encombrent le lit.

Monsieur Joly parlait d'un ton calme, la voix posée et douce. Aucune faiblesse ou manière ne se lisait dans son regard, tout juste une politesse de l'échange, une force sereine, une sagesse intérieure. Peu de gestes mais un visage affable et souriant, sans excès. Il scrutait les yeux de ses interlocuteurs mais pas en négociateur soucieux de saisir la faille, la faiblesse, l'hésitation dans la volonté. Non, il regardait comme pour dire qu'il était tout à eux dans la conversation. Aucun effet théâtral. Aucune brutalité verbale. Aucun trait acide. Aucun dédain. Juste des paroles à hauteur d'homme, et ce n'était pas le moins étonnant dans cet échange avec deux nobles imbus de leur pouvoir et astucieusement assagis par les enjeux de la rencontre.

- Je ne me désintéresse pas de ces questions, poursuivit monsieur Joly. Si ma charge est strictement consacrée au contrôle des manufactures, je veille à ce que les tissus transportés ne finissent pas dans l'onde.

Cette remarque arracha un franc sourire à Pierre de Fondeville.

L'Inspecteur montra sur la carte des détails en faisant courir son index sur l'épiderme granuleux du papier fort.

- Ces signes que j'ai fait ajouter ici, là, et là encore, désignent les implantations des productions d'étoffes. Les roues dentées que vous voyez indiquent des moulins.

Bertrand parcourut la carte à la recherche de lieux connus lui permettant de se repérer. Il suivit le chemin qu'il venait de parcourir, mais en sens inverse. Se dessinaient les villages de La Barte, de Martres, puis le chemin de Valentine à Saint-Béat qui franchissait les Frontignes.

Monsieur l'Inspecteur des Manufactures rompit le charme.

- Mais prenez donc place messeigneurs !

Il désigna d'un geste gracieux les fauteuils qui faisaient face à sa grande table de travail encombrée de plans, de croquis, de listes et de calculs, sur lesquels un compas était abandonné.

Monsieur Joly ne portait pas de perruque mais retenait sa chevelure par un sobre catogan.

- Ah, quel terrible soleil en ce pays ! souffla l'Inspecteur en s'épongeant le front de son mouchoir finement brodé.

Pierre de Fondeville avait écouté attentivement la

musique des premiers mots de l'homme. Comme chacun en ce pays de montagnes, habitué à rencontrer ses compatriotes sur les marchés d'entrée de vallées, il savait reconnaître la provenance de quiconque à sa manière de prononcer la plus banale des paroles. Expressions, accents, tournures de phrases, la petite musique des mots colorait le langage. Elle identifiait. Elle situait la vallée, le village. Pour des peuplades habituées à se défendre, à se protéger, à survivre, l'indice importait. L'autre rencontré présentait-il un danger à appréhender ? Philippe Joly était venu du Limousin pour occuper cette charge nouvelle, l'Inspecteur de Toulouse ne pouvant plus faire face aux fraudes locales et à la distance. Un homme sur place s'avérait indispensable.

Un secrétaire au costume sombre et à la perruque poudrée entra, salua puis tendit à l'Inspecteur une liasse de papiers que ce dernier posa sur son bureau sans y jeter un œil. Puis l'homme âgé s'éclipsa sans autre bruit que le grincement de ses chaussures vernies sur le parquet, non sans avoir salué à nouveau l'assemblée.

- J'ai lu avec attention votre requête messieurs de Fondeville. Ainsi donc, vous auriez l'intention d'établir en Nébouzan une pépinière de mûriers ? La soie vous attire-t-elle plus que la laine ?

- Il nous plaît de constater que vous nous faites l'honneur de nous entendre en votre juridiction, monsieur l'Inspecteur. Comme vous le savez probablement, notre commerce de mules se porte bien et nos affaires lainières sont florissantes.

Pierre de Fondeville ne s'étendit pas plus, suivi attentivement par son fils qui avait adopté une fausse attitude de dédain mais ne perdait rien des traits du visage du sieur Joly.

- Il m'est parvenu aux oreilles que monsieur l'Intendant

d'Auch favoriserait la production de soie en notre pays.

L'Inspecteur arbora un franc sourire. Visiblement, les nouvelles galopaient vite vers les fonds de vallées.

- Je puis vous confirmer ces informations, monsieur de Fondeville. Aucun secret ne les entoure. L'intention du Roi est bien de développer en Nébouzan une industrie de tissus de grande qualité, en complément des draps et de la bonneterie. Certes, rases et cadis contribuent à enrichir votre province. Mais ces textiles de laine à la trame grossière ne suffisent plus.

Il se leva à nouveau et invita ses visiteurs à le rejoindre devant l'immense carte.

- Tout le pays de Nébouzan et de Comminges sait maintenant que nous avons ici créé une pépinière de mûriers, précisément en La Barthe-Rivière !

Il désigna de l'index l'un des points de la carte murale.

- Nous en espérons beaucoup. L'actuelle petite production locale ne saurait suffire au développement d'une industrie qui pourrait nourrir bien des bouches affamées de cette contrée. Le désir de monsieur l'Intendant est de voir l'entreprise prendre un bel essor.

- Qu'il soit entendu ! Je souhaiterais moi aussi consacrer quelques louis à favoriser cette production pour créer ensuite une fabrique de soie, précisa Pierre de Fondeville.

- Voilà une riche initiative qui ne peut que plaire à sa majesté et à son Intendant. Quant à ce qui relève de mes prérogatives, je peux vous assurer de mon appui et de mes encouragements. Une telle aventure peut aider à réduire encore le nombre préoccupant de pauvres: il vous faudra bien des bras pour réussir cette entreprise !

- Les forces existent en nos plaines et montagnes, monsieur l'Inspecteur. Encore faut-il pouvoir les retenir.

- J'entends bien vos craintes, monsieur de Fondeville.

Vous connaissez certainement mieux que moi cette habitude de migration vers le royaume d'Espagne. Elle est question de survie pour beaucoup de familles. Développons des manufactures et nous limiterons peut-être la cohorte pitoyable de ces pauvres hères que la misère jette tous les ans sur ces maudites pistes de montagne. Leur force et leur adresse enrichissent le Roi d'Espagne. Le destin d'un sujet de Louis le quinzième est-il de fabriquer des objets de fer-blanc outre-Pyrénées ? Pensons mieux encore à la gloire de notre monarque.

L'accord semblait se nouer entre les deux protagonistes.

- Je possède les finances nécessaires à l'affaire, mais je suis encore trop ignorant des techniques et des moyens à mettre en œuvre, précisa Pierre de Fondeville qui songeait plus aux bénéfices à venir qu'au sort des gueux qui pouvaient encore tendre leur main décharnée à la sortie de la Collégiale. Ce Joly lui semblait un utopiste sympathique, certainement un peu naïf dans sa volonté de réduire la misère. De Fondeville savait la docilité absolue d'une bouche affamée, et plus encore si elle devait nourrir ses enfants. Alors, face à cet Inspecteur, autant jouer le jeu du philanthrope.

Philippe Joly observait lui aussi avec attention les deux seigneurs de la vallée de Luchon. Il pensait pouvoir détourner les forces d'un torrent de louis d'or et d'argent vers une noble entreprise utile à tous. Ils grossiraient leur fortune, soit, mais ils soulageraient aussi bien des maux. L'Inspecteur montra un bel enthousiasme face à ces deux aristocrates attentifs qu'il voulait croire animés d'un réel désir de s'engager dans la prospérité du pays de Nébouzan.

Sa nomination l'avait propulsé en un territoire inconnu barré de hautes montagnes et habité par une population rugueuse. Si les nobles locaux avaient laissé se développer quelques privilèges, c'est qu'ils savaient ne point pouvoir réduire ces communautés au vif esprit d'indépendance. Monsieur Joly était un lettré, lecteur attentif de la prose de Voltaire et de Rousseau. Cependant, si sa réflexion ne le conduisait pas à l'athéisme, source de bien des tracas possibles, son déisme imaginait un dieu créateur du monde et du début de l'histoire des hommes. Il ne pouvait concevoir que cet architecte génial, ayant construit un univers à son image, ait pu se tromper et soit obligé de corriger ses erreurs en intervenant sans cesse dans le destin des hommes. La vie, les joies et les peines, la paix ou les guerres, étaient l'œuvre de ses congénères mortels. Monsieur Joly restait persuadé que la félicité sur terre demeurait l'affaire des hommes. A eux d'ensemencer le bonheur, ici et maintenant. A eux de le faire croître, de le nourrir, de le protéger comme une plante rare. Aux hommes d'agir pour le bien.

Il en voyait deux, assis en face de son bureau qui voulaient créer une industrie. Il connaissait d'expérience la somme de travail à venir, offerte à une large population par cette plantation puis par la fabrique associée. Il évaluait déjà l'échelle de la distribution des louis à venir. Il se réjouissait du soulagement des familles face à une écuelle pleine. Sans l'ombre d'un doute, il se devait d'aider les de Fondeville dans leur entreprise, même si sa naïveté n'allait pas jusqu'à oublier les arrière-pensées marchandes de deux gentilshommes dont la rumeur publique glosait sur l'étendue de leur fortune.

- Possédez-vous des terrains plats, correctement ensoleillés ?

- Cela ne présentera aucune difficulté, répondit Pierre de Fondeville.

- Il vous faudrait une surface de deux arpents carrés,

soit un terrain de presque quatre cents toises de périmètre.

- Nous l'avons !

- Envisageons maintenant les travaux indispensables. Il est nécessaire de protéger la pépinière, de la rendre inaccessible aux quadrupèdes nuisibles. Imaginez donc les dégâts que provoqueraient des moutons ou des vaches sur vos jeunes plants ! Il faudra donc planter une haie d'épineux. Pour un tel périmètre, comptez plus de six mille pieds à cinq sols la centaine.

Pierre de Fondeville enregistrait, calculait, évaluait.

- Vous creuserez aussi un fossé de sept pams^2 de largeur bordé d'un remblai. N'oubliez pas de fumer correctement une partie du terrain. Une bonne trentaine de voitures devraient suffire, cela pour la valeur d'une soixantaine de louis environ.

Bertrand, l'air détaché, ne perdait aucun mot de cette présentation précise, technique, d'un serviteur du Roi zélé, soucieux de bien se faire comprendre.

- Pour la pépinière royale de La Barthe, j'ai dû également engager un garde aux gages de trente louis par an. Il faut se méfier de ceux qui auraient envie d'arracher quelques plants pour les revendre à la sauvette. Je ne saurais trop vous recommander de prendre les mêmes précautions.

La remarque fit sourire les de Fondeville.

- Comment et où trouver les graines de mûrier ?

- J'interviendrai auprès du sieur Brocaret, le secrétaire de monsieur l'Intendant d'Auch pour que l'on vous en fournisse deux à trois livres.

- Voici donc une affaire possible ! dit Pierre de Fondeville en se tournant vers son fils attentif.

- Pourvu que le ciel vous donne aussi pluie et soleil en

---

^{2} *Pam: 0,27 cm soit ici presse 2 mètres.*

bonne quantité ! Ni trop, ni trop peu, et peu de gel ou de fournaise d'été ! précisa en souriant l'Inspecteur des Manufactures.

- Dieu ne peut qu'accompagner notre entreprise, monsieur Joly !

- La nature nous donnera sa réponse, messire de Fondeville. Peut-elle s'opposer à la générosité de votre geste ?

- N'exagérons pas sa portée. Dieu pourvoira à nos demandes. Voudrait-il tourmenter de bons chrétiens qui aspirent à aider leur prochain ?

Ces paroles, à la sincérité feinte, touchèrent néanmoins monsieur Joly. Il fit une pause. Il le regarda longuement, installant un silence.

Les Fondeville brisèrent ce temps mort et se levèrent.

- Il nous faut maintenant prendre congé, monsieur l'Inspecteur et vous remercier de votre sollicitude, trancha Pierre avec une rondeur toute diplomatique.

- Messeigneurs, si vous n'avez d'autres engagements, permettrez-vous à un modeste serviteur du Roi de vous inviter demain, pour la Saint-Jean, à une messe en notre bonne ville de Saint-Gaudens ?

Le silence se fit à nouveau. Pourquoi demeurer un jour de plus en cette cité pour assister à un office religieux ?

- Vous pourrez y côtoyer d'éminentes personnes du Nébouzan et du Comminges, nobles, abbés et marchands.

Pierre se retourna vers son fils. Ses pensées fusèrent comme un coup de mousquet. Il allait risquer une somme conséquente en espèces sonnantes et trébuchantes. Des soutiens seraient indispensables pour trouver des débouchés commerciaux. Rencontrer des oreilles bien placées sur l'échiquier de sa stratégie ne pouvait se refuser.

- Nous acceptons avec grand plaisir.

3

Le même jour,
19 juin 1748
Forêt de Fos, Pyrénées Centrales

La cognée s'enfonça une nouvelle fois dans la dure écorce de chêne. L'éclat sauta.

- Attention Bernard !

Un léger craquement s'échappa du tronc.

Bernard saisit le bras de son frère. Tous deux s'éloignèrent à grands pas. Le craquement s'amplifia puis devint une plainte aiguë quand l'arbre commença à s'incliner. Le mouvement s'accéléra soudain. Les fibres tendues à n'en plus pouvoir se déchirèrent dans un fracas puissant. Le chêne s'abattit et plongea dans les buissons en contrebas.

Les deux frères Martin ne s'attardèrent pas à contempler leur victoire. Ils saisirent une longue lame de scie terminée à chaque extrémité par un manche de bois. Se placer de part et d'autre de la plus puissante des branches. Poser les dents sur l'écorce. Et sans un mot, tirer le manche vers soi.

Son frère attendit que la lame ait entamé l'arbre pour tirer à son tour. Un va-et-vient s'installa rapidement au son des dents acérées déchirant les fibres solides de l'arbre. Le ballet sonore, rythmé, régulier, répétitif comme un balancier d'horloge accompagnait maintenant les rares chants d'oiseaux qui se mêlaient au grondement lointain de la Garonne en fond de vallée. Il faisait trop chaud pour que les mésanges s'époumonent. L'obstination inflexible de la scie continua jusqu'à la rupture de la branche. Ce fut le tour de la suivante, puis les autres jusqu'à ce qu'il ne subsistât plus que le tronc dépouillé, bien droit. Il restait à racler l'écorce pour le rendre plus glissant encore. Les outils s'activèrent sans ménagement. Quelques coups de cognée et le cylindre de bois se dota d'une pointe.

Les deux Martin déposèrent enfin les armes et se laissèrent choir sur le sol. Gérard, l'aîné, saisit une gourde en peau qu'il avait dissimulée à l'abri d'un petit rocher couvert de lichen. Il la lança à son frère.

- Bois ! dit-il l'air sombre en soufflant comme un bœuf épuisé par l'effort.

Il devisa contempla les troncs abattus depuis le début de la matinée. Il s'épongea le front du revers de sa manche de chemise.

L'ombre de la forêt protégeait les deux hommes mais l'air chaud rendait le travail plus pénible encore.

- Il aurait mieux valu attendre l'hiver pour faire cette coupe ! osa timidement Bernard.

- J'ai besoin de cet argent ! coupa net un Gérard fatigué.

Le bûcheron, passablement énervé, s'empara de la gourde d'un geste sec.

- Tu crois que ça m'amuse de couper du bois des jours entiers ! J'y laisse mes forces.

Bernard ne dit rien. Il connaissait le caractère ombrageux de son aîné. Il savait aussi que malgré ses vingt ans, Gérard nourrissait de hautes ambitions.

- Crois-tu petit frère que je vais toute ma vie me contenter des rares pièces que me donne notre père pour cette besogne ? J'ai quelques idées… Je t'en causerai plus tard. Allons, faisons descendre ces roules dans la Garonne. On les attend à l'entrée de Saint-Béat.

Les Martin se levèrent ensemble pour saisir deux longues perches qu'ils avaient taillées le matin même. Prenant appui sur le sol dur, ils glissèrent leur levier sous le tronc à la faveur d'un creux du terrain. Une poussée à l'autre bout de la perche et le tronc se mit à bouger, puis à rouler. Bernard bloqua une des extrémités. Gérard déplaça son levier puis força pour imprimer un nouveau mouvement. L'arbre prit enfin la pente raide dégagée par les deux hommes. Le chêne débarrassé de ses branches se mit à glisser comme une barque dans un rapide. Il s'arrêta un peu plus bas et Gérard fit résonner un juron qui porta jusqu'à l'autre versant de la vallée. Ils descendirent avec leurs perches pour relancer difficilement la roule qui dévala la pente et plongea enfin dans l'écume de la Garonne. Le père Martin avait choisi cette forêt pour la facilité du débardage. Inutile de louer des bœufs pour traîner les troncs sur la prairie et les mener dans la rivière. Le bois obtenu par adjudication surplombait une falaise qui mouillait ses pieds dans la Garonne.

Ils remontèrent pour renouveler l'opération pour chaque arbre abattu.

- Attention !

Un beau tronc venait de se coincer entre deux rochers. Gérard pesta à nouveau contre ce retard à venir. Les deux hommes se regroupèrent avec des perches. Ils forcèrent mais peine perdu. La roule pourtant ébranchée et écorcée résistait. Ils déplacèrent la masse peu à peu, mais le roc interdisait la descente.

- On casse le rocher ! ordonna Gérard en colère.

Aussitôt, Bernard se saisit des deux seaux de bois.

Pendant ce temps, Gérard, tout en maugréant, coupa puis ramassa des branchages, des broussailles et des feuilles mortes. Il recouvrit le rocher. Puis, il battit son briquet et la végétation s'enflamma. Il l'alimenta en bois sec de manière à maintenir une forte chaleur sur la pierre.

Bernard revint enfin du petit torrent avec les récipients remplis d'eau fraîche. Ils attendirent que la chaleur soit intense. Alors ils jetèrent ensemble le liquide froid sur le rocher brûlant qui éclata en fragments dans des craquements sourds. Avec de solides branches taillées en manches robustes, les bûcherons écartèrent le plus possible les bouts de roche encore fumante de vapeur. Gérard pesta et donna l'ordre d'une nouvelle attaque au feu et à l'eau. L'opération se renouvela avec la même dextérité. Ils vinrent à bout de l'obstacle à la troisième tentative.

Bernard s'assit pour se reposer un peu.

- Au travail, fainéant ! hurla Gérard. Sans protestation, le cadet reprit ses outils pour deux bonnes heures d'efforts.

Épuisés après une dizaine de vidanges, les deux frères se posèrent enfin sur un tapis de mousse puis s'allongèrent.

Le ciel bleu tentait des percées entre les silhouettes des feuilles, aidé par son complice le soleil qui s'était juré de les agacer comme ces moustiques énervés. Ils somnolèrent un bon moment au pied de deux chênes en sursis. Seuls, quelques insectes bourdonnaient, sur un fond de froissement de feuilles caressées par un vent léger.

Mais au loin, dans la vallée, vint le temps du réveil des cloches de l'église de Fos.

Gérard s'étira sans ménagement.

- Allez, réveille-toi petit frère !

Il lui adressa un vigoureux coup de poing contre son épaule.

Bernard ouvrit les yeux. La chaleur ne semblait pas vouloir se calmer.

- Descendons à Fos ! dit-il en bâillant.

- Bonne idée! Une chopine de vin nous requinquera !

Les deux frères récupérèrent leur cognée respective, la scie, la gourde et les lièrent solidement sur le dos d'une mule attachée à une branche de noisetier.

Gérard saisit brutalement le licol qu'il tira d'un coup

sec. L'équipage commença sa lente descente dans la forêt.

Ils firent un large détour pour éviter la falaise, rejoindre la prairie et se diriger vers une passerelle de bois qu'ils franchirent pour entrer dans le village de Fos.

A les voir marcher côte à côte, nul doute que l'animal possédait plus de grâce et de souplesse que l'aîné des Martin. Bien qu'encore jeune, Gérard exprimait par son corps une sourde menace. Sa tête toujours rentrée entre ses larges épaules semblait prête à la lutte, à l'affrontement à venir. Son front bas souligné par d'épais sourcils noirs se recouvrait d'une méchante tignasse de cheveux raides et déjà blanchis. De petits yeux perçants et métalliques s'accommodaient fort bien d'un rictus amer qui lui tenait lieu de sourire froid dans lequel se lisait le mépris. Trapu, les jambes arquées, il avançait pesamment, soufflant à chaque pas. Une sourde brutalité transpirait de ses gestes lourds, de ses regards, de ses paroles. Malgré son jeune âge et suite à quelques rixes récentes, le bougre inspirait déjà la crainte bien au-delà de la vallée.

Ils attachèrent leur mule à l'un des anneaux de l'auberge Tapie. Ils se hâtèrent d'entrer pour se réfugier à l'ombre. Une humidité de cave les nappa de fraîcheur moisie. Des têtes se tournèrent pour les dévisager. Ils se laissèrent choir sur l'un des bancs qui bordaient les longues tables aux planches mal rabotées.

- Et doun Tapie ! cria Gérard en frappant du plat de sa main calleuse sur la table.

L'aubergiste ne se fit pas prier. Il pointa sa face dans l'encadrement d'une petite porte.

- Du meilleur vin pour mes amis Martin ?

- Un beau pichet bien frais Tapie ! Et pas de ta piquette ! Je débarde du bois et j'ai grande soif !

Tapie fit un signe à son fils et l'expédia dans l'arrière-boutique. Il en ressortit avec un pichet d'étain et deux gobelets qu'il porta devant les frères avachis. Il ramassa d'un geste vif la pièce posée sur la table et la porta à son père. Gérard s'adossa au mur frais et allongea ses jambes sous la table. Il descendit son gobelet sans retenue, d'un trait, avant de le reposer violemment et bruyamment sur la table.

- Un autre pichet Tapie ! Et vite ! Veux-tu me laisser mourir de soif, espèce de fripouille !

Soudain, la porte s'ouvrit projetant une bouffée de chaleur et de lumière dans la pièce. Un homme entra et vint s'asseoir près des deux frères.

- Salut Martin ! dit-il à Gérard comme si celui-ci était seul.

- Castanié ! Que fais-tu là canaille ?

- Je conduis des mules au Val d'Aran !

- Par cette chaleur ?

- Le maître décide, j'exécute ! Pas moyen de discuter…

Gérard toisa Castanié de la tête aux pieds. Il fit la moue.

- Te voilà habillé comme un monsieur ! La providence est-elle tombée sur toi ? As-tu suriné quelque voyageur pour le délester de sa bourse ?

L'autre ne se vexa pas. Inutile de relever le défi et d'ouvrir une rixe dangereuse avec cette fieffée brute de Saint-Béat. Il se força à rire de bon cœur.

- Ne cherche aucun mystère Martin. Le maître paie bien, voilà tout.

Gérard se rembrunit. Sa chemise d'étoupe grossière lui sembla encore plus miséreuse face au casaquin de Castanié. Le conducteur de mules portait sa veste à revers comme un marchand aux affaires prospères. Elle déclencha une jalousie rentrée chez Gérard qui fronça les sourcils et se ferma, l'œil noir. Il remarqua que l'homme portait des bottes quand lui, ruinait ses pieds dans des sandales de corde marchandées à un colporteur aragonais. Sa culotte usée, ses bas défraîchis heureusement masqués par des guêtres sombres, son bonnet de drap brun, tout indiquait une bourse peu garnie.

- Ton maître aurait-il quelques convois à me confier ? lança Gérard.

- Mais notre père ! coupa Bernard. Que va-t-il dire ?

- Il suffit ! Au diable cette misérable existence. Je veux des pièces d'or et d'argent !

- Ne t'emballe pas Martin, dit Castanié en s'asseyant. Mon maître n'engage pas. Il a une troupe d'hommes fidèles et bien payés. Aucun ne voudra quitter pareille situation.

- D'où est-il ce sieur-là !

- De Saint-Mamet ! Il se nomme Pierre de Fondeville.

- De Saint-Mamet ? Mais pourquoi ne passe-t-il pas par la montagne, en amont de Luchon ?

- Je ne pose pas de question. Il me dit, je fais, j'empoche les pièces, je suis heureux. C'est tout !

Castanié héla Tapie pour se rincer le gosier lui aussi.

Gérard vida un autre gobelet d'un trait. Il s'essuya prestement la bouche du revers de la manche.

- Allez rentrons à Saint-Béat ! dit-il à son frère qui tentait de finir de boire son breuvage sans s'étouffer.

- Reste donc un peu pour discuter ! dit Castanié surpris par cette réaction vive.

Mais Gérard ne l'écoutait plus. Son regard vide voyait plus loin. Des manigances se dessinaient dans son esprit. Une fièvre sembla vouloir l'envahir. Elle débordait en humidité luisante dans son regard. Une volonté se mettait à germer en lui.

Il se leva d'un bond.

- Allons-y petit frère !

Il tapa sur l'épaule de Castanié.

- A dichatz[3] !

Sans se retourner, il sortit comme un boulet de canon, suivi pas son frère qui salua l'homme et l'aubergiste.

- Allez, ne traîne pas ! houspilla Gérard en direction d'un Bernard nerveux qui n'arrivait pas à détacher la mule.

A la sortie du village, un paysan qui finissait de creuser un trou les interpella.

- Vous pouvez m'aider un instant ?

- Pas le temps ! claqua Gérard agacé.

- Allons ! osa Bernard, on peut bien prêter nos bras à ce brave homme ?

- Pas le temps te dis-je ! Donne-moi la mule et rejoins-moi à la porte de Saint-Béat.

Bernard se tourna vers l'homme qui lui demanda de tenir bien verticalement un poteau de bois au centre de son trou, enfoncé de trois bons pieds. Il coinça alors plusieurs pierres qu'il cala par des coups puissants de sa masse d'acier. Il ajouta des pelletées de la terre qu'il avait arrachée au sol et continua à tasser le tout.

Tout en tenant le poteau, Bernard regarda son frère qui s'éloignait sur le chemin royal et qui disparut dans un virage masqué par un muret de pierres brunes veinées de rouge sombre.

L'homme lui demanda de tenir la planche qu'il lui tendait.

- Je dois clouer maintenant ce bras en haut du poteau.

- Veux-tu grimper sur mon dos ?

---

[3] *« A bientôt » ou « à plus tard »*

- Ton aide sera bien précieuse. Mon compagnon a refusé la corvée et il s'est enfui vers la montagne. Le Consul va bientôt passer avec le curé pour contrôler notre travail. S'il me voit seul, si la tâche n'est pas faite…

Le curé évoquerait le Très-Haut pour condamner cette défaillance. Le Consul, représentant choisi par les villageois incarnait la loi des hommes, pouvait juger et condamner. Il lui semblait plus facile de transiger avec le curé en lui portant nuitamment un quartier de lard et une bonne bouteille. Mais l'élu, s'il était revêtu de sa robe de fonction, serait d'un autre tonneau.

- Vite, hisse-toi sur mes épaules ! coupa Bernard.

L'homme saisit son marteau et ses clous. Il retira ses sabots et s'installa sur les épaules de Martin accroupi. Le bûcheron se releva pour porter l'homme à la bonne hauteur. Le paysan plaqua la planche contre le poteau et planta quatre beaux clous de quatre pouces.

- Le vent peut bien souffler ! pensa Bernard regardant faire ce solide assemblage.

L'homme descendit et se recula avec Bernard pour mieux voir le résultat du travail. La planche taillée en pointe à l'une de ses extrémités indiquait Saint-Béat en lettres majuscules gravées dans le bois et peintes en noir.

- Merci l'ami ! dit l'homme. Je suis du casal de Caujole, en haut du village. Si tu as besoin d'aide, fais demander Joanniquet. Je serai là pour te rendre monnaie de ta pièce.

Bernard salua et s'éloigna en courant, espérant rattraper son aîné. Leur jonction se fit avant le moulin qui animait sa roue sur un petit canal alimenté par la Garonne. Gérard toujours renfrogné ne dit mot. Ils marchèrent ensemble un bon moment encore. Le chemin caillouteux écrasé de chaleur, malgré l'ombre de la montagne qui commençait à s'allonger dans la vallée, laissait échapper une fine poussière. Chaque rocher leur diffusait un air sec et irrespirable. La Garonne brouillonnait son tumulte humide trop loin d'eux. Gérard, absorbé dans ses pensées, se murait dans son mutisme.

Arrivés en vue de Saint-Béat, ils furent accueillis pas les cris de cinq ou six hommes affairés à sortir les dernières billes de bois de la rivière à l'aide d'une paire de bœufs. Une dizaine d'entre elles séchait déjà sur la rive.

- Voilà une bonne affaire de faite ! se dit Gérard Martin.

S'approchant des hommes,

- J'ai un marché pour vous. Voulez-vous gagner le double de ce que mon père vous donne pour cette besogne ?

- Qui serait assez fou pour refuser !

- Je vous fournis les cognées et les scies. Je vous montre les arbres à abattre. Il vous suffit de les faire descendre dans la Garonne et de les récupérer ici. Trois vont couper, trois se reposent à l'arrivée en attendant les roules. Et les six les convoient jusqu'à la scierie.

Les hommes se regardèrent. Pas de débat, ils acceptèrent sans rechigner. Le double ! Comment hésiter.

- Topez là ! coupa Gérard.

L'autre vint claquer sa paluche ouverte dans la main puissante du bûcheron, fils du marchand de bois. Le geste valait accord, plus sûr qu'un papier devant notaire car faire défaut, en cette vallée, c'était risquer le déshonneur et surtout le plomb.

- Demain, rendez-vous ici pour la distribution des outils !

Moins de dix minutes plus tard, Gérard, suivi de son frère inquiet par cette trahison familiale, discutait déjà avec le scieur Pujol. La Garonne actionnait avec force la roue de son moulin qui, à l'aide de sangles, entraînait une scie en long. Un chêne bien sec se laissait découper lentement en planches régulières. Derrière la scie protégée par un toit à double pente posé sur des poteaux, des planches au séchage s'entassaient avec rigueur, espacées l'une de l'autre par des cales qui offraient un passage à l'air. Plus loin, deux charpentiers chargeaient une voiture attelée pour transporter le bois du moulin sur le canal aux rives de la rivière.

Le vieux scieur interrompit sa négociation avec Gérard.

- Attends un instant ! Les bougres travaillent mal ! lui dit-il, avant de rejoindre l'aire de chargement.

Il interpella vivement les deux hommes.

- Vous prenez trop de planches sacrebleu ! Vous voulez donc faire chavirer votre radeau !

L'un deux, penaud, se rendit vite aux arguments du vieux qui houspilla le deuxième visiblement plus têtu.

- Nous ferons deux voyages. C'est plus sûr ! conclut tout de même ce dernier face à l'orage verbal qui s'annonçait.

- Naviguez avec prudence ! Faites une halte au port de Montré-jeau. Vous pourrez accrocher les deux radeaux en un train.

- Tu as raison Pujol. Les radeliers passeront plus facilement la chaussée de Saint-Martory.

- Vous voilà dans un meilleur état d'esprit ! N'oubliez pas que vous ne serez payés que si le chargement arrive à Toulouse.

Les deux hochèrent la tête. Le vieux savait parler.

Il retourna vers Martin pour continuer leur négociation.

Que promit Gérard ? Bernard, tenu à l'écart, n'en sut rien.

Le soir, les frères retournèrent dans la modeste maison Martin appuyée contre la falaise. La cour s'encombrait de poutres, de planches et d'outils.

- Père, je dois vous parler !

- Cause donc fils ! dit le vieux en continuant d'empiler des piquets de bois.

- Il faut que je quitte la maison !

- Quoi ! rugit le vieux en lançant le piquet au loin. Que me chantes-tu là ! Quitter ton vieux père et ta mère ! Veux-tu nous tuer ?

- Il est temps pour moi de réaliser mes affaires tout seul !

Le père Martin resta interdit. Il aurait voulu envoyer son poing fermé dans la mâchoire de l'ingrat insolent. Mais cet aîné musclé et trapu, au caractère violent et si peu respectueux serait encore capable de rendre le coup.

Le vieux chercha un billot de bois pour s'asseoir.

- Demain, je boucle mon balluchon. A moi la liberté ! lança Gérard comme un défi.

- Et après-demain la potence ! grommela le père.

Le vieux souffla, se referma. Les affaires n'étaient pas florissantes. Avec deux bras en moins, la vie serait plus rude encore. Inutile d'essayer de faire changer d'avis son aîné. Pourquoi cette décision ? Comment annoncer cette catastrophe à la mère ?

Gérard traversa la cour et s'engouffra dans la maison.

Bernard s'approcha de son père.

- Que se passe-t-il ? dit le vieux mi-colère, mi-brisé. Veut-il partir à la guerre, rejoindre un régiment de Dragons ? A-t-il commis quelque forfaiture, frappé quelqu'un ?

- Je ne sais père. Je ne sais…

3

Le lendemain
20 juin 1748
Saint-Gaudens
Presque 11 heures

Une certaine agitation régnait devant le portail d'entrée de la collégiale. Une assemblée cherchait l'ombre sous la vaste halle qui couvrait presque entièrement la place jouxtant l'édifice religieux. Son grand toit à quatre pans reposait sur plusieurs alignements d'imposants poteaux de bois. Il protégeait le peuple et les marchands des rigueurs du ciel, été comme hiver. En cette fin de matinée de juin, il dispensait un peu de fraîcheur.

Un ballet de véhicules attelés animait la place, sous le regard des curieux. Quand une voiture arrivait de la Grand-Rue, elle s'arrêtait au pied du clocher. Un laquais ouvrait la portière, libérant un noble en bel habit se rendant avec élégance en direction du groupe déjà formé. Courbettes et saluts, puis franches embrassades laissaient à penser qu'amis ou familles se retrouvaient en ce lieu avec grand plaisir. Pierre de Fondeville et son fils s'approchèrent pour joindre le groupe. Ils reconnurent plusieurs seigneurs.

Le sieur Philippe Joly arriva. Il vit Pierre et son fils et les salua. Peu à peu, une assemblée d'une bonne trentaine d'hommes se retrouva à converser avec chaleur et amitié à l'ombre de la halle. Par petites touches timides, la population de Saint-Gaudens se rapprocha elle aussi, attirée par le son des cloches qui venaient de se réveiller pour appeler à la messe. S'ajoutèrent alors artisans et marchands, journaliers, brassiers et pauvres hères.

Un jeune garçon sortit de la Collégiale et vint dire un

mot au chanoine Labarthe de Giscaro que chacun reconnaissait bien à sa haute stature.

La foule silencieuse entra dans la fraîche pénombre de la collégiale. Bertrand regarda longuement les tapisseries d'Aubusson suspendues aux murs. Malgré l'obscurité, il reconnut, dans le fond de l'image tissée, la représentation des fortifications et de la porte qu'il avait franchie la veille.

Dans la Collégiale à la nef plongée dans l'obscurité perturbée par de nombreux cierges allumés, on prenait place. Au premier rang, juste avant la balustrade qui séparait la nef du chœur, le chanoine s'installa, accompagné du sieur Joly, de plusieurs notables de la cité, commerçants et avocats, quelques nobles aux vêtements raffinés, plusieurs ecclésiastiques, curés de villages alentours. Pierre fut intrigué par un détail. Ces hommes portaient tous, autour du cou, un large cordon de soie couleur bleu azur, décoré une petite truelle d'or suspendue comme un bijou.

Une confrérie certainement, pensa-t-il. Comment se peut-il qu'elle regroupe nobles, clercs et autres notables ?

Bertrand lui aussi intrigué, lui chuchota à l'oreille.

- Comment nos nobles amis acceptent-ils d'être assis au même rang que des marchands et des curés ?

- Regardons pour comprendre mon fils.

Le reste de l'assistance s'installa enfin. Près de la moitié de la Collégiale accueillait une foule hétéroclite de pauvres gens se tournant vers la providence divine pour espérer un avenir immédiat plus clément. Pas de grandes idées, d'utopiques projets, d'ambitieuses transformations. Non, l'écuelle vide hurlait sa vérité au creux de l'estomac. La sécheresse et les mauvaises récoltes de l'année pesaient plus encore sur des êtres à la destinée fragile, ne trouvant plus assez de forces pour fuir au-delà des montagnes, comme le voulait la tradition. On avait ici l'habitude d'aller louer ses bras chez le Roi d'Espagne. Les fabriques d'objets en fer blanc recevaient chaque année ses escouades de Commingeois adroits de leurs mains et durs au travail. Ils revenaient avec leurs piastres, avec de l'huile d'olive, des toisons, souvent une mule et le soulagement de pouvoir survivre plusieurs mois. Mais que la maladie ou une vilaine blessure vienne s'inviter et le difficile voyage de retour n'était plus assuré. Il restait donc tous les ans, trop de pauvres qui s'enfonçaient plus encore en enfer.

La messe allait commencer. L'un des hommes du premier rang se leva et descendit d'un pas ralenti, la travée centrale de la nef en direction des grandes orgues.

Pierre de Fondeville ne put masquer sa surprise en voyant cet homme d'une quarantaine d'année, portant une perruque sobre et arborant fièrement sa petite truelle d'or au cou.

- Reconnaissez-vous ce sieur ? chuchota Pierre.

Bernard fit signe que non.

- Souvenez-vous ! Voici six ou sept ans, nous l'avons entendu jouer de l'orgue en la cathédrale de Saint-Bertrand dont il en était le titulaire. Certes, vous n'étiez qu'un enfant, mais vous aviez été ému par cette musique grandiose. Nous avons échangé ensuite avec lui sur sa remarquable composition…

- Je n'en ai aucune trace dans ma mémoire, monsieur mon père.

Dans les travées de gauche, quelques demoiselles de belle noblesse captaient maintenant son regard et occupaient plus intensément son attention.

Mais il se reprit.

- Je suis bien surpris de découvrir que le sieur Bernard-Aymable Dupuy soit à la fois organiste de la cathédrale et membre de cette confrérie, murmura Bertrand.

Pierre ne cacha pas son étonnement à ces paroles inattendues.

- Se peut-il que vous soyez maintenant informé des subtilités de la politique religieuse ?

- Souffrez mon père que j'écoute sans malice aucune mais pour m'instruire des turbulences du monde, les conversations que vous entretenez avec nos invités de Saint-Mamet…

Pierre de Fondeville parut satisfait de cette curiosité. Au fait des moindres affaires, des plus petits évènements politiques porteurs de promesses commerciales, le seigneur de Saint-Mamet découvrait qu'une nouvelle donne émergeait. Un courant de pensée semblait vouloir agréger plusieurs de ses amis de nobles lignées. Il bousculait des traditions enracinées. Il ouvrait des portes entre les trois ordres de la société. Son flair lui disait que ces manœuvres pouvaient avoir des conséquences politiques et agir sur les affaires et le commerce. Il lui fallait en savoir plus !

La messe fut célébrée par le prieur des Dominicains. La liturgie offrait des pauses enrichies des accents ornés et puissants des orgues de Dupuy. Ses tuyaux soufflaient des airs inspirés qui s'élevaient vers les voûtes de la Collégiale, dialoguaient avec le siège des étoiles et du paradis espéré pour ensuite redescendre vers les fidèles comme le murmure sonore d'un mystérieux message. Sa musique s'insinuait avec éclat au plus profond de l'âme des croyants assemblés. Elle les captait, les ensorcelait, les transportait en un élan, en une envie de beauté, de paix, d'abandon. Dans le chœur, la figure peinte d'un christ grave et solennel regardait chacun qui savait devoir courber l'échine et rabattre sa puissance. Les paroles latines venaient se mêler aux effluves d'un encens lourd et entêtant.

L'office se termina par un chant qui s'éleva pour se perdre dans les voûtes. Le prieur invita les fidèles à se rendre sous la halle.

La population quitta le sanctuaire d'un pas mesuré, en se signant, au son des cloches battant à toute volée. Les trois nefs de pierre gardaient bien mieux la fraîcheur que les quatre travées de bois de l'édifice marchand.

Sous la halle, plusieurs hommes au cordon bleu azur sortis de la messe en premier, avaient installé, avec l'aide de valets et de domestiques, des planches sur tréteaux. Pierre et son fils Bertrand regardaient cette scène avec curiosité. Une voiture tirée par un cheval amorphe s'arrêta à l'autre extrémité de la halle. Trois hommes déchargèrent de larges et profonds paniers d'osier qu'ils portèrent sur les tréteaux recouverts de tissus blancs. La suite stupéfia Pierre de Fondeville. Il vit plusieurs seigneurs en grands habits, accompagnés des curés et des bourgeois, ceux des premiers rangs de la messe, se placer derrière ces tables improvisées, aidés par quelques valets. Et la petite foule de manants s'approcha sans timidité. A chacun, homme, femme, enfant, vieillard, il fut donné un pain de six liards. Le nombre des pauvres était si grand qu'il fallut un long moment pour que tous reçoivent leur pitance. On vit même plusieurs Francs-Maçons s'éloigner du groupe et revenir avec d'autres paniers débordants de pains.

- Est-ce vraiment chrétien mon père, de nourrir ainsi cette masse de fainéants ?

- Ne soyez pas trop sévère mon fils. Le seigneur a abandonné sur terre ces pauvres âmes pour mieux les accueillir à ses côtés, après le Jugement Dernier.

Bertrand de Fondeville fit la moue, peu convaincu par la réponse de son père.

- Trouvez-vous légitime et normal de voir notre noblesse placée ainsi sur le même rang que les curés de village, les simples marchands de la ville ? insista encore Bertrand, visiblement irrité par ce qu'il percevait comme un désordre, une anomalie.

Pierre de Fondeville ne répondit pas. Cette proximité l'avait également troublé. Il n'en percevait aucun avantage.

Bientôt, la foule se dispersa et ne resta plus que les hommes aux cordons bleu azur. La curiosité s'était insinuée chez les deux seigneurs de la montagne. L'assemblée, de bonne humeur, traversa la halle. Elle emprunta la sortie du levant, longea le cimetière qui jouxtait le chevet de la Collégiale et prit la direction de la Tourrasse, vers le palais de l'évêque. Mais à mi-chemin, le groupe bifurqua et entra dans la minuscule et tortueuse rue du Carro qui courait au pied des murs d'enceinte.

Pierre saisit son fils par le bras pour le retenir.

- Restons tapis à l'angle de cette bâtisse ! murmura-t-il. Nous pourrons observer sans être vu.

Les portes de la belle maison que mademoiselle Décap louait à la confrérie étaient grandes ouvertes. De leur cachette improvisée, les Fondeville pouvaient apercevoir le couloir qui s'enfonçait dans le cœur de la maison. Au fond du corridor, un flambeau allumé permettait de voir, malgré l'obscurité encore plus forte à cause de la puissance du soleil de la rue. Un homme se tenait à l'entrée et brandissait une épée dressée à la verticale. Chaque invité venait lui chuchoter un mot à l'oreille. Trop loin, ils ne pouvaient entendre.

Que l'entrée dans le Temple de Salomon t'agrée mon frère, répondit l'homme d'une voix solennelle.

Un autre lui remit une épée, lui noua un tablier de peau blanche sur les hanches et lui tendit une paire de gants blancs qu'il enfila avant de poursuivre dans le couloir et disparaître dans une salle.

De leur place, Pierre et Bertrand ne perdaient rien de ces entrées.

- Père, chuchota Bertrand, ne trouvez-vous pas étrange que des curés et des marchands se trouvent autorisés à porter l'épée. La justice du Roi ne s'applique-t-elle pas ici ?

- Je me joins à votre étonnement, mon fils. Cette assemblée me semble porter atteinte à nos privilèges conquis de haute lutte par le sang versé de nos ancêtres.

Pierre parut froissé par le spectacle.

- Retournons en notre domaine, mon fils ! Nous en avons assez vu.

Ils se dirigèrent vers l'écurie d'un pas si rapide qu'il ne pouvait masquer de la nervosité et un soupçon de colère rentrée.

5

Le même jour
20 juin 1748
Saint-Béat
Au petit matin

Le jour tardait à se lever. Les oiseaux piaillaient. Au bord de la Garonne, près de la porte d'Espagne, un groupe d'hommes discutait. Rires et bourrades. Paroles fortes qui résonnaient et gestes théâtraux pour se faire comprendre, pour appuyer un mot que la langue gasconne savait faire chanter.

Gérard Martin surgit soudain au beau milieu de la petite bande, lancé comme une boule de billard. Il salua sans grande chaleur, sans un regard franc et droit, l'air bougon de celui qui a dormi dans le foin piquant d'une grange. Mauvais signe.

Sur le dos de sa mule, des outils bien sanglés pendaient. Il les distribua aux hommes sans dire mot. Chacun savait à quoi s'en tenir.

La petite troupe s'ébranla en direction de Fos, conduite par son jeune frère.

- Tu surveilleras les hommes ! lui murmura Gérard avant de partir. Il faut abattre deux fois plus d'arbres qu'hier !

- Autant ?

- Ah le couard ! Que le diable t'emporte ! Veux-tu remplir tes poches ou continuer à traîner misère ?

Bernard ne contesta pas.

Pendant que les bûcherons cheminaient, remontant le cours de la Garonne, Gérard prit le chemin inverse en direction du nord. Il traversa Saint-Béat endormi d'un pas rapide. Il se dirigea vers Marignac en passant au pied de la falaise, puis franchit la porte Saint-Roch. Il longea le mur de pierre sèche d'un verger, dépassa un gros rocher qui en formait l'angle et passa devant le château de Rap assoupi dans son écrin de verdure boisée.

- Le Procureur de Bessan doit encore sommeiller !

Il aperçut son fils François qui enfourchait sa monture. Il grommela.

Avec un père procureur du Roi, son avenir est déjà tissé, pensa-t-il.

Il chemina par le défilé qui tranchait la colline de Géry en deux, longea l'étang de l'Estagnau. Il avançait vite sur le chemin surplombé par la vieille tour en ruine mais s'arrêta un instant pour contempler la large et majestueuse façade du château de Noé. La noble famille se rendait rarement dans cette demeure trop éloignée de Toulouse et plus encore de Bordeaux.

Regardant les toits d'ardoises, les fenêtres à meneaux, fermées par des croisées, il se prit à rêver. Il se vit habitant le château, en beaux habits, avec longue perruque et fines dentelles, veste en étoffe précieuse et surtout épée au pommeau d'or et d'ivoire. Des chevaux, un bel attelage, un carrosse et un coffre rempli de pièces d'or et de pierres précieuses. A la tête d'une troupe armée, il entrait dans une ville ennemie, acclamé par la foule et par ses hommes. Le seigneur de la vallée ! Mieux, son prince !

Il reprit sa marche vers Cierp d'un pas encore plus décidé. Il marchait maintenant en conquérant. Le monde s'ouvrait à lui. Il fendrait ses adversaires. Il bousculerait tous les obstacles. Rien ne viendrait briser son rêve de grandeur.

Il arriva à Esténos en même temps que la diligence s'arrêtait devant le relais de Poste. Par la fenêtre de la voiture dont on commençait à dételer les chevaux, il aperçut un homme richement vêtu. Le postillon vint lui ouvrir la portière. Il fit gestes et manières pour descendre, accompagné d'une très belle femme à la perruque dressée. La rumeur se confirmait. Il se disait, ici ou là que depuis quelques temps, de riches personnages se rendaient à Bagnères-de-Luchon pour guérir leurs troubles en se baignant dans un lac boueux ou dans une méchante piscine alimentée par l'eau chaude d'une source. Il se contait mille anecdotes en jouant au billard à Saint-Béat. Des guérisons étranges suscitaient moqueries ou interrogations. Vrai, faux, invention ou sorcellerie, comment trancher ? Gérard n'avait aucun avis sur la question. Tout au plus calcula-t-il si ce manège pourrait lui rapporter un nombre conséquent de Louis.

- Pas assez de pèlerins pour perdre son temps en d'inutiles tractations ! se dit-il.

Seuls l'attiraient les habits flamboyants du personnage qui s'épongeait un front fiévreux.

Gérard Martin s'éloigna du relais de Poste en direction de la Garonne. Là, se trouvait la scierie du sieur Gaspard Laffont.

Il le repéra près d'un vaste hangar affairé à son travail, marquant de numéros rouges des poutres débitées par sa grande scie en long.

Gérard traversa la prairie encombrée de nombreux tas de bois. Des troncs bruts attendaient d'être livrés aux dents luisantes de la scie. De longues poutres s'entassaient, organisées régulièrement par taille, par épaisseur. Plus loin, des planches séchaient. Une grappe d'hommes chargeait un radeau solidement amarré au petit quai qui prolongeait le grand bâtiment.

- Je suis Martin de Saint-Béat ! claironna Gérard, s'imaginant fier condottière qui vient de triompher et prend possession de son domaine. En fait de prince, le soudard trapu n'inspirait pas l'admiration.

- Je m'enquiers de bonnes affaires à traiter ! dit-il en se frottant les larges mains noueuses.

Le sieur Laffont leva la tête et ajusta ces besicles. Il examina de pied en cap ce jeune homme trapu à la forte voix et à la tignasse grise comme la pierre, malgré son jeun âge. Il songea à un taureau nerveux. Prudence.

- Qui te fait espérer que tu peux trouver ton bonheur à commercer avec moi, Martin de Saint-Béat ?

- Connais-tu quelqu'un qui refuse de payer moins ce qu'il achète déjà ? Connais-tu celui qui, pouvant mettre six louis dans sa besace, n'en voudra que trois pour la même affaire ? Si tu es de cette bande, Gaspard Laffont, alors, je peux passer mon chemin.

- Holà ! Tout doux mon ami ! Expose donc ton affaire…

- Je te propose des troncs de chênes, de hêtres et de sapins bien droits pour moins de sols que tes précédents achats.

- Tu m'intéresses jeune Martin. Quel est ton prix !

Les deux hommes s'engagèrent dans une négociation serrée. Gérard, en fin stratège, acceptait de vendre à des prix plus modestes que les autres exploitants forestiers.

- Mais je te pose des conditions Laffont !

- Expose-les, nous verrons si je puis les agréer !

- Je t'offre des prix qui vont gonfler ta bourse. Mais toi, tu devras refuser d'acheter d'autres bois. Je te livrerai de grandes quantités mais tu oublieras les autres.

- On ne change pas ainsi les traditions, jeune homme. Que vont dire les Consuls ? Veux-tu m'envoyer devant le Procureur Bessan de Rap ? Ou pire encore !

- Qui saura nos tractations ? Tu pourras toujours arguer que tu n'as pas assez de clients pour acheter plus !

Gaspard Laffont se tint le menton et se mit à marcher

en long et en large. L'affaire pouvait se révéler risquée. Ce Gérard Martin tiendrait-il parole ?

- Passons un accord provisoire. Si tu me livres ici les troncs demandés, de belle qualité et en nombre suffisant, tu peux compter sur moi pour les autres commandes !

- Pour quand les veux-tu ?

- Je travaille avec des charpentiers. Il me faut du chêne coupé à la sève descendante, et à la bonne lune. Peux-tu me garantir cette condition ?

- Cet hiver, ma coupe sera pour toi, sans réserve.

- Nous sommes donc d'accord. Pas de papiers entre nous pour l'instant. Juste nos paroles d'hommes. Si nos affaires se déroulent bien, nous irons les conclure par contrat chez le notaire royal de Saint-Béat.

- Le sieur Montané peut préparer les papiers et son cachet ! dit Gérard pour clore cette négociation.

On conclut la discussion par une frappe de main mutuelle. On échangea les amabilités de circonstance. Gérard s'éloigna à grands pas, laissant Laffont reprendre son marquage.

Il se rendit ensuite à Siradan, le village suivant sur la route royale vers le nord, vers Montréjeau et Saint-Gaudens. Il rencontra le maître de la scierie Simon, concurrent de Laffont. Il lui tint le même langage et obtint le même résultat. Puis ce fut celui d'Izaourt, plus difficile à convaincre.

- Je travaille avec les Baroussais ! dit-il. Je crains une pluie de horions comme grêle de printemps.

Gérard eut beau argumenter, rien n'y fit. Chacun savait que même la troupe ne pouvait calmer un fier Baroussais en colère. Il quitta la scierie d'Izaourt furieux.

- Je reviendrai plus tard avec d'autres mots, se dit-il. Passons sur l'autre rive !

N'ayant pas de quoi s'acquitter du droit de passage par

le bac de Luscan, il traversa à gué, en un passage assez profond, heureux de trouver un peu de fraîcheur dans l'eau de la Garonne. Il dut s'aider de la corde tendue entre les deux rives pour ne pas se laisser emporter par le courant qui agitait le milieu du lit. Un cri le fit se retourner. Un radeau fonçait sur lui, chargé d'un imposant bloc de marbre brut. Il lâcha la corde et se mit à nager avec puissance pour éviter le choc. Il se rapprocha enfin du bord. Le radeau l'effleura sous les protestations des deux carassaïres en colère. L'un d'eux fit mine de l'assommer avec sa gaffe. Gérard s'agrippa à une branche. Il souffla un moment pour retrouver la force nécessaire à se hisser sur la rive. Furieux, il escalada le talus. Il se laissa enfin choir sur la pelouse rase qui venait mourir sur le bord de la Garonne. Il resta là un moment à sécher au soleil, maudissant ce radelier et se promettant de le retrouver un jour ou l'autre pour lui rendre monnaie de sa pièce.

La colère qui irriguait ses veines le fit à nouveau se redresser. Il saisit une pierre et la lança avec force dans l'eau d'un fouettement adroit du bras. Il jura. Il reprit sa marche rapide vers la scierie de Luscan. La négociation se déroula avec plus de fluidité. Il conclut là encore un bel accord.

Le soir, il retrouva son frère, sans le tenir au courant de ses transactions.

- Où loges-tu ?

- Ne t'inquiète pas petit frère. J'ai installé mon baluchon dans une de nos granges. Le foin est mon lit mais, parole de Martin, avant peu j'aurai l'une des plus belles maisons de Saint-Béat.

Bernard ne dit rien. Ce soir, il lui faudrait encore mentir à son père et à sa mère brisée de chagrin.

Pour Gérard, les affaires conclues ne pesaient que le

poids du vent d'autan. Légères mais chaudes et porteuses de bien des énervements. Car maintenant, il lui fallait obtenir des adjudications pour honorer les livraisons. Et il n'avait pas le moindre sol en poche.

6

2 ans plus tard,
le 5 juin 1750,
Fos, limite entre les royaumes de France et d'Espagne
au petit matin

Il n'a pas froid aux yeux ce gamin qui descend l'une des rues abruptes de Fos. Il s'arrête un instant. Il regarde vers la plaine. La Garonne transporte sur son dos tumultueux plusieurs radeaux de troncs d'arbres. Il reprend sa course. Le chemin de Saint-Béat au Val d'Aran est désert. Il longe le mur imposant de la grande bâtisse des Donniez. Les maîtres dorment mais dans la cour du plus important négociant de bois de la vallée et dans la prairie qui fait face aux échauguettes de la maison, une poignée de bûcherons déplacent des troncs. Avec leurs perches à crochet de fer, ils les font rouler en direction de la rivière.

- Que fais-tu ici Josépou ?

Repéré. Autant s'approcher et discuter.

Le gamin quitte la route, passe devant le portail Donniez, salue celui qui l'a appelé, poursuit le long du mur, traverse le cimetière au pied de l'église, saute un muret et se retrouve près du grand tas de roules.

- Vous prenez la rivière ?

- On a presque fini d'attacher le premier radeau…

Sur la rive, une dizaine de troncs d'arbres se serraient les uns aux autres, liés par des cordages végétaux. Deux hommes s'affairaient.

- Je peux monter avec vous ?

- Malédiction ! Tu veux me faire étriper par maître Donniez !

Le gamin montra les volets clos.

- Il dort ton maître ! Tu as peur de lui ?

Touché ! L'homme se rembrunit. Lui, un gars de la montagne, peur d'un marchand, d'un riche, même s'il était son patron !

- Allez grimpe petit !

De la rive, le jeune Josépou sauta sur la plateforme de rondins. Il perdit l'équilibre, faillit rejoindre les flots agités mais la main du radelier l'agrippa à temps.

- Si tu veux venir avec nous, tiens-toi tranquille ! Assieds-toi et agrippe-toi à cette corde ! Ça secoue…

Il n'eut pas le temps de discuter. D'un coup de hache, le radelier trancha le lien qui retenait le radeau à une solide racine découverte. Avec son complice, lui aussi coiffé d'un bonnet bleu retombant sur le côté, ils poussèrent sur les gaffes pour s'éloigner du bord et saisir le courant. Très vite, le radeau prit de la vitesse. Josépou se retourna pour voir sur la rive un forestier finir de faire rouler un tronc puis le faire basculer et plonger dans l'eau. Il assemblait déjà le prochain radeau.

- Heho !

Un cri surgit du bruit des flots.

Un autre radeau, plus large, arrivait à grande vitesse. En poussant sur leurs longues perches, les deux radeliers guidèrent l'embarcation pour qu'elle se rapproche à nouveau du bord. Faux départ. Le deuxième radeau fondit sur eux avant de les dépasser. Au beau milieu de l'instable plateforme, un paysan assis sur une des caisses solidement arrimée aidait sa vache à rester en équilibre. Quatre marins affairés à la manœuvre assuraient la trajectoire. Le plus grand agrippait fermement une longue perche terminée par une planche étroite plongée dans le courant. Ce gouvernail de fortune aidait à rester au milieu du lit de la rivière pour bénéficier de la force de l'eau. Les radeliers se saluèrent par des cris. Dans cette longue ligne droite où la Garonne s'offrait une traversée de la vallée sans le moindre méandre, Josépou vit la vache s'effacer peu à peu dans la brume du petit matin.

Il saisit fortement la corde. Le radeau se déplaça lentement puis se fit entraîner par le courant pour prendre de la vitesse. Les rives s'éveillaient. Un héron commençait sa journée par un festin. Ils passèrent à hauteur des arches d'un moulin. La roue tournait déjà. En surplomb, sur le chemin, plusieurs mules attendaient leur sac de farine pour s'engager à pas compté sur la route du Val d'Aran.

Josépou vit enfin les falaises sombres de Saint-Béat. A hauteur de la porte d'Espagne, il aperçut un garde assis, certainement encore endormi. Le radeau prit de la vitesse devant les premières maisons aux toits de chaume. Il longea l'hospice qui dévoilait sa sinistre façade grise sur la rive droite, puis la porte et la tour Saint-Louis, l'église et un long bâtiment triste couvert d'ardoises.

- Attention gamin, cria le premier des radeliers.

Le pont de bois s'approchait. Il fallait éviter les piliers du milieu. Ils franchirent l'obstacle en un clin d'œil.

Josépou se retourna. A droite sur un rocher en hauteur, la ruine du vieux château de Saint-Béat sortait de la nuit. Les premiers rayons de soleil dégoulinaient sur les pierres et le lierre. Puis ils explosèrent sur le sommet du pic du Gar avant de s'écouler lentement le long des falaises. Sur la rive gauche, Josépou devina les toits d'ardoises du château de Rap. La Garonne filait comme le vent. Au flanc de la montagne du Burat, la façade de pierres ocres du château de Marignac se réveillait aussi.

La rivière s'offrit un large virage. Elle s'élargit peu à peu. Elle accueillait maintenant les eaux de la Pique. Le radelier cria, montrant à son collègue les troncs qui descendaient de la vallée de Luchon et venaient rejoindre le courant de la Garonne. Le méandre se fit si large que le courant se reposa enfin et que le radeau ralentit, entouré de troncs libres. Un peu plus loin, un groupe d'embarcations attachées à la rive par de longs filins, portait une poignée d'hommes munis de perches aux extrémités dotées d'un crochet de métal. Par des chocs adroits, ils déviaient la trajectoire des roules vers une étendue d'eau plus calme. Là, ces troncs gorgés d'eau rejoignaient la rive. Chacun savait ici, dans ces rudes vallées habituées à débarder les bois le long des pentes raides, qu'il fallait éviter de laisser un tronc se placer en travers de la rivière. Le suivant viendrait s'encastrer dans l'obstacle, puis les autres également. Un barrage se formerait alors perturbant gravement la descente du bois. Déplacer des troncs entrelacés s'avérait une opération difficile et dangereuse qui ralentissait un travail payé au bois rendu. Pas de roule, pas de pièce sonnante ! Trop de jours de nettoyage de la rivière et moins de sols et de louis à glisser dans sa bourse. Suivre le bon cheminement des bois flottants ne se discutait même pas…

- La forêt est rangée comme un tas de bûches ! se dit Josépou en voyant sur la rive la pile de puissants fûts mis au séchage.

- On s'arrête ? cria-t-il au radelier qui ne se retourna pas, tout occupé à pousser sur sa perche pour reprendre le courant. Bientôt le Pic du Gard et le Burat s'éloignèrent.

La Garonne se rétrécit et donna de la force. Vite, s'accrocher à nouveau !

Josépou avait déjà plusieurs fois longé cette vallée, à pied, pour se rendre au marché de Montréjeau et une fois aussi à celui de Saint-Gaudens. Il goûtait l'agitation de ces villes. Des boutiques aux objets étranges, des gens en perruque affublés comme des oiseaux insolites, des vête-ments aux couleurs douces, des églises hautes comme de petites montagnes.

Mais le radeau ralentit une fois de plus. La rivière s'étalait pour se reposer un peu. Les rives ne jouaient plus les murailles de terre et de plantes mais s'adoucissaient en prairies basses. Une large plage approcha. Une embarcation à fond plat attendait, portant deux chevaux attelés à une voiture. Une longue corde reliait les deux rives. Une dame à la robe ample, ronde et souple comme un nuage, attendait près du bac, accompagnée d'un homme au tricorne, portant l'épée. Deux laquais en livrée patientaient eux aussi.

Le radeau glissa devant l'embarcation. Josépou ne perdit aucune image du spectacle.

Derrière la plage de graviers, au pied de la montagne, l'imposant château de Luscan regardait lui aussi le spectacle de son seigneur en partance pour un court voyage.

La vallée se resserra puis s'ouvrit encore pour offrir le spectacle de la cité épiscopale de Saint-Bertrand. La cathédrale, comme une arche géante perchée sur son piton, attendait un improbable déluge pour prendre la mer.

Le courant se fit à nouveau tumultueux et sauvage pour passer entre les falaises boisées de Valcabrère, longer le moulin puis, plus loin, naviguer au pied de la tour du village, en face du château de Vidaussan.

La plaine s'ouvrit enfin et la descente se ralentit en arrivant en face d'une ville imposante qui bientôt barra l'horizon. La Neste s'invita au courant. La rivière ainsi grossie de nouvelles eaux dévalant des montagnes pouvait enfin entrer dans le port royal de Montréjeau.

Josépou, moins secoué, pouvait mieux voir la foule des ouvriers qui s'affairaient sur les deux rives planes. Sur celle de Capélé, à gauche, des hommes traînaient avec des bœufs, des blocs de marbres sculptés posés sur des chars, fragments de colonnes, chapiteaux, encadrements de fenêtres, linteaux armoriés. Ils les sortaient d'entrepôts pour les conduire près des palans qui pendaient au droit des quais.

Les deux radeliers saisirent la corde lancée de la rive droite, celle des bois. Ils l'enroulèrent sur le court et puissant mat vertical qui tenait la rame arrière.

- Viens nous aider, gamin !

Josépou saisit le filin avec force. Peu à peu, le radeau ralentit encore, puis s'arrêta complètement sous le quai.

- Allez, chargez ! cria le marin de Garonne.

- File petit, lui dit le second radelier en lui saisissant la main avec énergie.

Il l'aida à grimper sur le quai. Dans un grincement hésitant, la poutre placée presque à l'horizontale pivota sur elle-même pour présenter en surplomb du radeau, une pile de bûches de hêtre.

- Pour Toulouse ! lui cria un officier à l'uniforme bleu et au tricorne blanc. Il tenait une liasse de papier et, avec sa mine de plomb, nota la quantité et les noms des deux radeliers qu'il connaissait.

Josépou n'eut pas le temps de les saluer. Il se faufila entre les piles et les tas de troncs. Il courut jusqu'au pont de bois qu'il lui fallait franchir. Il s'arrêta au milieu. Le radeau s'approcha et avant qu'il ne fût avalé par l'arche, il leur cria son salut en agitant les bras. Les deux radeliers, trop occupés à réussir la manœuvre ne le virent pas.

Josépou se tassa contre la rambarde pour éviter de se faire écraser par une voiture. Les quatre chevaux houspillés par les claquements du fouet d'un postillon des plus nerveux firent trembler toute la carcasse du pont.

Il lui fallait maintenant grimper vers la ville pour espérer grappiller de menus bribes de l'évènement dont parlait toute la contrée et qui l'avait poussé à quitter sa montagne. Le mariage du fils du seigneur de Saint-Mamet et de sa jolie dame serait une belle fête. L'union de Bertrand de Fondeville avec une demoiselle de Lassus s'affichait sur la porte de l'église depuis trois semaines. Elle occupait bien des conversations. Josépou, abonné à la bouillie de céréale, rarement agrémentée d'un bout de lard, savait depuis peu qu'un somptueux banquet réunirait les invités et les gens de la cité de Montréjeau.

7

Le lendemain
mardi 6 juin 1750
Montréjeau

La frêle et gracieuse Jaquette de Lassus frissonnait. Du haut de ses vingt ans, la petite dernière de monsieur le Contrôleur Général des Marbres du Roi imaginait son avenir avec insouciance. Son bel ami Bertrand lui semblait fort comme Héraclès. Il saurait la protéger des vents de la vie, des hivers de la montagne. Il l'aiderait à s'habituer aux rigueurs du petit château de Saint-Mamet. L'insolente beauté de son Apollon valait tous les sacrifices.

Quitter le confort à venir dans cet hôtel particulier que son père construisait à Montréjeau ne l'effrayait pas. Certes, celui-ci, largement inachevé présentait encore les désagréments d'un chantier intense. Des blocs de pierre et des poutres encombraient une partie de la grand cour. Les ouvriers s'activaient en un ballet efficace. Les parties achevées permettaient d'y loger dans le confort. Les intérieurs offraient déjà un écrin de prestige et de douceur.

Au pied de la montagne de Luchon, elle découvrirait un univers de légendes, de récit mystérieux, d'épopées valeureuses. Les livres qu'elle dévorait dans le secret de sa chambre, contaient des aventures bien moins excitantes que celle dans laquelle elle s'engageait avec détermination et curiosité.

Elle se rapprocha de l'une des grandes fenêtres de sa chambre. L'agitation régnait dans la cour d'honneur, juste en dessous de l'aile sud. Les laquais s'affairaient, courant presque d'une tâche à l'autre. Sortir des chevaux des écuries en construction, atteler, dételer, transporter avec précaution les caisses de bagages des invités, les conduire aux étages, les installer.

On frappa à sa porte.

- Entrez ! dit-elle d'une petite voix timide.

Deux demoiselles de compagnie pénétrèrent lentement dans la chambre lumineuse, décorée avec luxe et raffinement.

- Voici votre robe, mademoiselle.

Dans le grand salon d'apparat dont la monumentale cheminée n'avait pas encore reçu la décoration du blason de la famille de Lassus, deux couples conversaient, installés confortablement dans des bergères tapissées de tissu brodé de motifs floraux. Pierre de Fondeville, seigneur de Saint-Mamet et son épouse Françoise de Moustajon échangeaient avec leur hôte Marc-François de Lassus-Camon, Contrôleur Général des Marbres du Roi. Son épouse, Marie-Claire de Roque, écoutait religieusement. Elle avait manifesté avec discrétion quelques réticences à ce rapprochement avec une famille d'une noblesse discrète de fond de vallée. Elle envisageait pour sa fille un mariage plus glorieux, à la hauteur des fastes et du prestige de la maison de Lassus. Mais son époux, très informé des fortunes réelles des nobles de ses vallées, avait su lever les doutes. Le parti s'avérait avantageux et prometteur.

- On dit les radeliers en émoi ces temps derniers ! dit Pierre de Fondeville d'une voix neutre, histoire de briser le silence.

Monsieur de Lassus laissa échapper un soupçon d'agacement par une moue discrète et se tut.

- Nous avons assisté à un assemblement d'une bonne vingtaine d'hommes devant la maison des Consuls de Bagnères-de-Luchon. Leur colère ne semblait pas feinte.

Monsieur de Lassus ne put esquiver à nouveau.

- Savez-vous que ces bougres refusent de s'arrêter en notre port royal de Montréjeau ! Ils filent vers Toulouse sans prendre la peine de charger nos marchandises.

- Je n'en suis pas surpris. Nos montagnards ont l'insoumission chevillée à l'âme. Que comptez-vous faire ?

- L'affaire est entre les mains de mon frère Lassus-Duperron. Il revient au Subdélégué de monsieur l'Intendant d'Auch de régler ce différend sérieux qui fragilise le commerce du marbre qui lui, m'échoit. Il les menace d'amendes et de prison mais ils n'en font qu'à leur tête.

La pendulette sonna sur la table en marqueterie aux pièces finement assemblées.

Le silence se fit à nouveau. Monsieur de Lassus n'appréciait pas de voir son autorité bafouée par des manants de la montagne et encore moins de voir ce désaveu évoqué en sa demeure. Pierre de Fondeville, en habile stratège, savait déséquilibrer la superbe d'un grand à l'arrogance fragile. Ainsi pouvait-il rétablir le rapport de force et ne point se voir rabaisser. Sa fortune ne suffisait pas à le hisser au niveau d'un grand serviteur du Roi, bouffi d'orgueil et gavé de privilèges. Piquer alors, mais avec subtilité pour se rappeler à lui.

Le silence confirmait qu'il avait fait mouche.

- Mon cher ami, dit-il, laissons à nos gens le soin de régler ces problèmes d'intendance. Une journée mémorable se profile et goûtons aux joies de cette belle union qui rapprochent nos deux prestigieuses familles.

Marc-François de Lassus-Camon retrouva le sourire, soulagé de sortir de ce cul-de-sac.

- Si fait, mon ami !

Un valet fit son entrée et vint parler à voix basse à monsieur le Contrôleur.

- Mon ami, le sieur notaire est annoncé. Je vous invite à le joindre en notre cabinet de travail pour apposer les signatures sur le contrat qui va désormais lier nos familles.

Pierre de Fondeville se leva et suivit son hôte. Ils empruntèrent le long couloir qui longeait la façade percée de larges et hautes fenêtres. Un des deux laquais ouvrit la double porte devant laquelle ils attendaient, immobiles et silencieux comme des statues. Dans la vaste pièce lumineuse, une dizaine de personnes conversaient et se tournèrent vers les deux hommes qui s'approchaient. On se salua avec grâce. Près du seigneur Gémit de Luscan, se tenait le chevalier d'Erce, le comte de Sarlabous, Monsieur de Noé, le sieur Donniez, riche marchand de bois de Fos, le comte de Cardeilhac, monsieur de Sainte-Gème, monsieur Dispan de Florian, le chevalier de Gazet, le procureur Bessan de Rap.

Le notaire patientait, planté devant son écritoire. Les feuillets du contrat rangés en une pile n'attendaient ainsi plus que plume et encrier.

Les deux pères et l'assistance des témoins s'assirent dans les bergères disposées en demi-cercle pour écouter la lecture de l'acte. Aucun mouvement de tête des parents, aucune surprise. Les négociations menées avec soin et diplomatie, chaque point résultait d'un accord parfait. Le notaire parla longuement de sommes, de terrains, de rentes, de reversements avant d'inviter les contractants à apposer leur signature au bas du document.

Alors commença le ballet des plumes qui crissent sur le papier après avoir plongé dans l'encrier, paraphe de la famille et des témoins venant compléter ceux déjà obtenus des futurs époux. Après signature, chacun vint congratuler les représentants de ces nobles familles de Lassus et de Fondeville.

La prestigieuse assemblée quitta la salle en rang dispersé pour rejoindre le grand salon d'apparat où les attendaient les deux mères, maintenant accompagnées d'une foule d'invités dont la richesse des costumes et la qualité des perruques proclamaient le rang. Se trouvaient là plusieurs avocats au parlement de Toulouse, des nobles, des parents éloignés ayant voyagé plusieurs jours pour assister aux réjouissances, des notables de Montréjeau, de Saint-Gaudens, de Saint-Bertrand de Comminges, de Bagnères-de-Luchon, de Saint-Béat. De nombreux membres du clergé venaient compléter ce tableau de la puissance locale.

Un valet annonça une entrée.

- Monsieur l'Intendant du Roi.

Chacun se réjouit de la présence de l'éminent personnage qui vint saluer les parents puis se retrouva vite entouré des nobles venant aux nouvelles de la Cour sur le mode de la flatterie mondaine.

- Acceptez nos félicitations pour les travaux entrepris sur nos routes ! déclara avec emphase un chevalier, saluant d'un geste ample.

- Sa majesté Louis le quinzième accorde de l'importance au commerce de ses provinces !

- Cette nouvelle route royale de Lannemezan à Saint-Gaudens a transformé notre cité de Montréjeau ! Voyez la rue centrale élargie !

- Ces affreuses portes du Barry et de Saint-Jean avec leur tour enfin démolies !

- Et puis ces brèches dans les fortifications pour permettre la circulation avec les faubourgs ! Quelle merveilleuse idée, compléta un coquet, saupoudrant sa prose d'un rire aussi faux que sonore.

- Assez, assez messieurs ! Tout le mérite en revient à sa majesté qui sait être attentive à ses sujets ! De grâce, éloignons-nous du rivage des peines et des travaux. Voilà maintenant cinq ans que nous travaillons à ces améliorations.

Elles sont enfin terminées, goûtons-en les bénéfices. Mais rompons là si vous le voulez bien. Aujourd'hui est un moment de fête et de réjouissances. Ne gâchons pas le plaisir de nos hôtes ! coupa l'Intendant avec délicatesse et autorité.

Il s'éloigna avant qu'un autre courtisan ne vînt tenter de vanter l'une de ses réalisations, l'une de ses qualités et n'imaginât s'attirer ses bonnes grâces.

Dans la rue Royale, qui avait perdu ses vieilles maisons en saillie, plusieurs montréjaulais piétinaient d'impatience.

- Alors, c'est-y quand qu'ils vont sortir de leur tanière ces beaux messieurs et belles dames ? maugréa un manouvrier ayant déserté le chantier du port aux marbres.

- Tiens ta langue ! lui chuchota un colporteur assis à l'ombre sur sa caisse. Les mouches rodent ici aussi, les oreilles grandes ouvertes. Veux-tu aller faucher les prés du Roi ?

- Finir aux galères pour si peu ?

- Je vois que tu ne voyages pas ! Si je te racontais ce que j'entends dans mes périples, tu garderais tes mots bien au chaud au fond de ton gosier !

Peu à peu, la rue se chargea de badauds parés de leurs plus beaux vêtements, ceux que l'on réserve pour les grandes fêtes. On venait des rues alentours, et même des faubourgs derrière les fortifications. La ville entière se donnait rendez-vous rue Royale pour attendre la sortie de la mariée. La foule parlait fort, se réjouissait des banquets à venir. Quelques petits aigrefins se faufilaient comme des anguilles, histoire de voir si une pièce ne traînait pas dans une poche généreusement oubliée sans défense.

- Elles s'ouvrent ! cria un homme.

En effet, les deux lourdes portes de bois de l'hôtel de Lassus pivotèrent lentement entre les piliers de pierre retenus par un fronton pour l'heure inachevé. Plusieurs laquais surgirent pour repousser les curieux vers les bords de la rue et laisser passer une voiture découverte tirée par quatre chevaux blancs. Monsieur le Contrôleur Général des Marbres du Roi trônait aux côtés de sa fille aux longs cheveux libres sur lesquels se posait une couronne de fleur. Deux laquais juchés sur les marche-pieds latéraux œuvraient pour conserver leur équilibre, raides comme des piquets d'acacia. Deux autres tenaient les rênes, sur le banc du cocher. Un dernier contrôlait par le licol l'un des chevaux de tête de l'attelage.

La foule ne se montra pas avare de commentaires, entre admiration et jalousie, béatitude et perfidie des mots aigres.

Derrière la voiture, un cortège se forma. Une troupe de gentilshommes aux perruques éclatantes de blancheur sur des vêtements de tissus colorés aux ornements raffinés marchait avec une gestuelle de solennité. Le blanc lumineux de leurs bas contrastait avec la noirceur des pavés de la rue. Tous les hommes reposaient leur main gauche sur le pommeau de leur épée. Les femmes rivalisaient de riches étoffes fleuries. Les robes amples dessinaient des volumes qui occupaient généreusement la rue. De frêles bustes en émergeaient tout en finesse avec cette apparente fragilité de la porcelaine. Très en mode dans le grand monde, les perruques en hauteur grimpaient vers le ciel et suscitaient l'étonnement. Chacun se savait en représentation. Aucun geste familier ne vint troubler la mécanique du spectacle de sa place dans la société, apprise dès le plus jeune âge. Les enfants qui suivaient participaient de ce même rituel avec application. La grâce ostensible et le costume voyant marquaient la distance d'une invisible frontière avec ce peuple curieux et moqueur qui allait enfin prendre la suite du défilé, sur un mode moins crispé.

On parcourut la rue Royale jusqu'à la grande Halle de bois entourée de couverts protégeant des échoppes désertées. On poursuivit dans le prolongement de la rue pour s'arrêter devant le portail de l'Église Saint-Jean Baptiste. Les cloches sonnaient à la volée. Le cortège pénétra en silence dans l'édifice religieux et chacun prit sa place, les nobles aux premiers rangs, puis les notables de la ville, au fond enfin, le peuple des artisans, et même des ouvriers du port aux marbres. Les manants et autres mendiants espéraient grignoter des miettes du spectacle. Plusieurs valets armés de bâtons dissuasifs marquaient l'interdit.

Près du chœur, sur le côté, monseigneur Antoine de Lastic, évêque de Comminges coiffé de sa mitre, assis le dos droit et rigide sur un trône de bois sculpté, donnait une pompe particulière à l'événement.

Dans le prolongement, des sièges accueillaient prélats et chanoines.

Monsieur de Lassus descendit enfin de sa voiture et aida sa fille à le rejoindre. Sur le parvis de l'église, le maître de cérémonie leur fit un signe avec sa longue canne. Il les attendait. Ils le suivirent et entrèrent dans l'église d'un pas majestueux souligné par la musique solennelle mais joyeuse de Bernard-Aymable Dupuy. Face à l'autel, monsieur de Lassus installa sa fille dans l'une des deux bergères placées face au prêtre officiant.

Soudain, un bruit de sabot fit se retourner l'assistance. Dans l'encadrement de la grande porte ouverte, un cavalier mettait pied à terre avec énergie et souplesse. Il redressa son tricorne clair, puis le retira et entra dans l'église d'un pas sûr et conquérant. Il ralentit et s'assit avec grâce dans la deuxième bergère en souriant à sa promise qui lui rendit un éclat de soleil.

La cérémonie fut empreinte de solennité. Les phrases latines s'élevaient jusqu'à la toiture aux poutres apparentes dessinant la carène d'une coque de bateau renversé. Elles laissaient régulièrement place aux accents de l'orgue de maître Dupuy. Le peuple ne perdait miette de l'événement qui ferait date.

Vint enfin la sortie du jeune couple, sous la musique céleste bientôt rejointe par les cloches qui se mirent à sonner à toute volée.

Les deux mariés remontèrent dans la voiture pour un tour de la ville sous les vivats de la foule qui se mit à les suivre. Le périple joyeux les conduisit tous vers le parc de l'orangerie de Lassus. Les domestiques finissaient de dresser de longues tables sur des tréteaux couverts de nappes blanches. Au rez-de-chaussée de l'hôtel, une armée de cuisiniers s'affairait. Les serveurs assuraient avec zèle l'acheminement des plats de la cuisine en ébullition vers l'orangerie. Un peu à l'écart, les musiciens accordaient leurs violons. Des gamins se poursuivaient entre les tables sous les remontrances de valets soucieux d'une installation parfaite. Monsieur le Contrôleur n'était pas connu pour avoir le caractère timide et l'intervention poétique. Un incident, un trouble conduirait à la rue sans ménagement.

Josepou avait trouvé place à l'une des nombreuses tables dressées avec soin pour les gens de la contrée. Il ne pouvait détacher son regard des belles assiettes blanches qui allaient recevoir des mets inconnus. Le banquet inaugura trois jours de fêtes de ce mardi jusqu'au jeudi soir.

Montréjeau se souviendrait longtemps de pareilles

réjouissances. Nourriture délicate, plats fameux, vins moelleux, musiques charmantes, beaux habits et soleil radieux, rien ne manqua pour satisfaire le bon peuple, rassurer les notables, et pour de Lassus montrer l'étendu de sa fortune et acquérir un surcroît de prestige pour conforter sa position dans le petit monde de la noblesse pyrénéenne.

Quelques jours plus tard, une berline plus discrète quitterait l'hôtel de Lassus. Elle serait précédée de plusieurs voitures chargées de malles. Elle descendrait vers la Garonne, franchirait le pont de bois, puis s'élancerait vers le sud, en direction de la vallée de Luchon.

8

Maître Montané, notaire royal venait juste de terminer la lecture de l'acte. Le vieil homme assis en face de lui se leva et signa d'une belle croix. Gérard Martin se rapprocha lui aussi de la table pour noter son nom d'une écriture mal aisée. Il se rattrapa en la soulignant d'un geste vif. La plume crissa.

- Vous voici propriétaire de la maison, de la cour, du potager et des prairies attenantes ! dit Montané.

Gérard posa sur la table une belle bourse de peau. Le notaire l'étala sur son bureau et compta lentement les pièces.

- La somme est là, juste et parfaite !

Il mit plusieurs louis de côté pour ses émoluments et taxes diverses puis replaça le reste dans la bourse qu'il donna au vieux. L'homme hocha la tête.

Gérard ne se fit pas prier. Il enfonça son tricorne tout neuf, son premier vrai couvre-chef. Il salua la compagnie. Il débeula les escaliers pour se retrouver dans la rue Saint-Vincent. Il croisa le jeune François de Rap qui le salua. Il ne répondit pas. Il marcha à grands pas vers la passerelle de bois qui enjambait la Garonne. Sur l'autre rive, une maison quelque peu délabrée attendait son nouveau propriétaire. Le toit de chaume avait été remplacé par de l'ardoise après l'incendie de la ville. Peu longue mais assez profonde, la bâtisse limitée à un rez-de-chaussée humide s'organisait en plusieurs pièces ouvrant sur la Garonne en contrebas. Derrière elle, entre le mur de l'est et la montagne, un étroit passage conduisait à la plaine vers plusieurs villages accrochés à la pente. Au loin, les falaises du Pic du Gard, en sentinelles minérales, surveillaient le commerce des hommes qui s'agitaient sur cette rive de la Garonne.

Gérard entreprit d'ouvrir fenêtres et volets.

Bernard son frère entra.

- Regarde ! lui dit Gérard. Ici, nous installerons ma table de travail. Et là, dans le mur, je scellerai un coffre !

Bernard approuva d'un hochement de tête.

- Viens voir !

Ils se déplacèrent vers la plus grande pièce.

- Ici, je vais entreposer ce qui va faire ma richesse…

- Le bois ne te suffit plus !

- Ne crains rien. Je continue mon commerce avec toi, et plus fort encore. Je vais aussi placer des louis dans une affaire de draps !

Bernard ne dit rien. Il avait maintenant l'habitude de suivre son frère sans maugréer, surtout depuis la disparition de leur père. Aucun retour en arrière n'était possible.

- Écoute bien. De la même façon que j'ai pu convaincre une belle poignée de maîtres de scierie, je vais acheter des tissus. Les tisserands ne manquent pas dans les vallées. Toi, tu vas courir les villages et les foires et tu vas m'envoyer plusieurs solides garçons, de bons marcheurs à la parole facile.

- Des bergers ?

- Non ! N'as-tu donc aucun esprit ? Il nous faut des jeunes qui savent commercer. Je veux en faire mes colporteurs.

- J'en vois bien deux ou trois qui pourraient…

- Trois pèlerins ! Avant la fin de la semaine, tu m'en envoies une bonne dizaine ! Le temps que j'achète des draps à tempérament.

Bernard ne se fit pas prier. Il sortit au plus vite pour se mettre en quête des futurs colporteurs. Gérard, lui, s'éloignait déjà vers Bagiry pour rencontrer le tisserand du village installé dans la maison près de la mare.

9

3 ans plus tard,
le 5 mai 1756
Cierp, Pyrénées Centrales

La berline s'arrêta sur la place centrale du village de Cierp. Le postillon, d'un saut agile, vint se planter dans le sol boueux. Il ouvrit la portière et se courba.

- Nous voici donc rendus ! lança une voix de l'intérieur de la voiture.

Une tête jeune offrit un visage souriant en sortant de l'obscurité.

- Bien triste bourgade que ce Bagnères-de-Luchon ! dit-il en fronçant les sourcils à la vue des petites maisons basses aux toits de chaume.

Le postillon l'aida à descendre.

- Monseigneur se trouve à Cierp, pas encore à Bagnères-de-Luchon.

- Pourquoi t'arrêtes-tu donc en ce lieu de désolation ?

- Que messire me pardonne, mais, c'est la route qui ne va pas plus loin. Impossible de passer sur cet étroit chemin. Il est toujours défoncé par les pluies et par la neige.

Monsieur de Noé devisa. Il n'avait pas prévu ce contretemps.

Près du mur de pierre d'une grange, un attelage attendait. Un char rudimentaire supportait une pièce de toile écrue tendue entre deux piquets fichés sur son plateau.

- Voilà votre nouvelle voiture ! montra le postillon. Il vous reste encore trois lieues à parcourir. Dans six heures, peut-être cinq, vous serez à Bagnères-de-Luchon.

- Six heures ! Comme vous y allez ! Se peut-il de cheminer aussi lentement ?

- A moins que vous ne louiez un cheval en face !

Une écurie ouvrait largement son portail de l'autre côté de la place.

Monsieur de Noé récupéra son sac de cuir. Il le passa en bandoulière, ajusta son tricorne puis son gilet brodé et traversa prestement la place déserte.

- Ola de la maison ! Un cheval pour un gentilhomme !

Un bougre aux vêtements sales sortit de l'écurie en courant.

Il fit courbettes sur courbettes.

- Plus rien ! Plus un cheval noble seigneur ! Avec ces étrangers qui viennent prendre les eaux, tout est loué ! Mille excuses messire.

Puis, il tendit son bras vers l'autre côté de la place.

- Vous reste le char ! dit-il avant de disparaître rapidement dans l'écurie.

Le jeune chevalier de Noé pesta mais dut se résoudre à cette voiture précaire, faute de devoir passer la journée en une longue marche qui ne le conduirait pas à sa destination avant la nuit. Son épée et son mousquet seraient-ils suffisants en cas d'attaque ? Il savait la vallée dangereuse.

Il négocia sa course et avant de repartir s'enquit de la possibilité de se restaurer tout en redoutant un méchant brouet.

- Vous pouvez dîner juste à côté. Le sieur Dilos saura vous régaler de ses meilleurs mets.

Ainsi fut fait. Le chevalier apprécia de fort bon appétit une belle truite de la rivière Pique qui traversait le village. Sans plus s'attarder, monsieur de Noé alerta de son prompt départ. Le paysan attela une paire de bœufs avant de l'aider à grimper sur le plateau de planches disjointes du char. Sous la tente qui lui procura une ombre appréciable par ce beau soleil de mai, le jeune noble s'installa sur un fauteuil solidement attaché par une corde aux bords de cette improbable voiture. Un des jeunes fils du paysan, caché sous un vieux chapeau, saisit un bâton et chatouilla le naseau des bœufs tenus entre- eux par un joug de bois sculpté. Il les fit reculer près du char et de son père. Il souleva le timon pour l'attacher solidement. Un cri, quelques petits coups de bâton sur les flancs et les lourdes bêtes firent bouger le véhicule dans un sinistre grincement. Les roues ferrées s'extirpèrent de la boue et l'équipage s'ébranla lentement vers l'entrée de l'étroite vallée.

Dominique de Noé, se tenant solidement aux rebords du char, se leva et sortit de la tente. Il se redressa pour regarder au loin les toits de chaume du village de Marignac. Vers l'est, au pied de la montagne reverdie, la silhouette d'une vieille tour médiévale regardait la belle et majestueuse façade d'un château Renaissance. Voilà bien longtemps qu'il n'avait séjourné en cette demeure de ses regrettés grands-parents, le chevalier Roger de Noé, et dame Marguerite du Pouy de Marignac qui avait apporté à sa famille ce domaine niché au pied de la montagne.

Dominique ne les avaient pas connus, pas plus que son père Marc-Roger, baron de l'Isle décédé trop tôt. Seuls les portraits peints imposaient encore leur mémoire. A la mort de son père, les terres et possessions revinrent logique- ment à son aîné, le marquis Jacques-Roger de Noé.

Aujourd'hui, le temps manquait pour s'accorder une pause. Ses affaires ne pouvaient souffrir plus de retard. Le mandat se révélait urgent. La mission confiée par Jacques-Roger son frère, ne pouvait être empreinte d'aucune fantaisie. La construction d'un vaste château familial à l'Isle de Noé se révélait ruineuse. Le corps principal, percé de douze grandes fenêtres, s'étendait sur soixante deux mètres de longueur pour douze de large. Le rez-de-chaussée distribuait des écuries et des magasins. Un escalier monumental double, orné de sa rampe en fer forgé, conduisait à la belle porte d'entrée. Avec ses salons d'apparat, sa salle à manger, son salon de musique, ses bibliothèques, et ses appartements dans les ailes, le château s'ouvrait sur un parc de douze hectares.

L'aménagement intérieur, les meubles et les décorations de style rocaille coûtaient une fortune. Mais pas question pour une famille en vue à la Cour de négliger le confort de ses hôtes et d'écorner son image.

Il fallait donc vendre au plus vite et au meilleur prix quelques biens moins prestigieux. La famille de Noé ne pouvait se contenter de castels perdus en fond de vallées. Belles façades, splendides jardins et capacité à recevoir des hôtes de marque, voilà un dessein qui interdisait la médiocrité. Le château de Marignac ferait les frais de cette opération.

- Hue donc ! pesta le garçon pour activer ses bœufs

Dans le cahot chaloupé de ce char grinçant, le noble chevalier Dominique de Noé, marin de circonstance secoué par la tempête terrestre et caillouteuse, subit une fin de voyage mouvementée, passant contre de méchants rochers, sur de précaires passerelles de bois, en surplomb de ravins se jetant dans la furieuse rivière grossie des neiges fondues.

Une éternité plus tard, le petit village de Bagnères-de-Luchon apparut enfin. Soulagement de découvrir l'assemblement resserré de modestes maisons disposées autour de l'église.

La voiture arrêta son grincement dans la rue. Le petit paysan indiqua la direction d'une auberge, sur la route de l'ouest qui montait vers Saint-Aventin. Il empocha la pièce d'argent de son salaire et monta s'allonger sur la plateforme du char pour goûter un repos mérité. Il lui restait à espérer un généreux client pour le retour.

10

Le même jour
le 5 mai 1756
Saint-Béat

Le colporteur, caisse de bois plaquée à son dos par de solides et larges sangles de cuir épousant ses épaules, franchit le pont. Un coup d'œil à la ronde. Une enfilade de maisons regardait la Garonne. Il se dirigea vers l'une d'elles, en chantier. Un menuisier posait des fenêtres et des volets.

- C'est ici la maison Martin ?

L'homme se retourna.

- Vous l'avez trouvée !

Tenant le cadre qu'il fixait au mur, il lui fit signe d'entrer par la grande ouverture encore démunie de portes.

Le colporteur risqua une tête.

- Gérard Martin ?

Pas de réponse.

- Je suis bien chez Martin, marchand de bois et de draps ?

Il attendit.

- Entre donc ! dit le charpentier. Il doit être au fond.

Le colporteur déposa délicatement sa caisse sur le sol. Il frappa à la seule porte visible, au fond de cette première pièce. Elle s'ouvrit sur un jeune homme qui le regarda de haut en bas.

- Tu es colporteur ?

- Prêt à vendre votre marchandise !

- Entre !

Un deuxième jeune marchand aux cheveux raides et gris fichés sur une tête de taureau écrivait dans un livre de comptes. Il ne leva pas les yeux.

- On me dit que vous avez d'excellents draps !

- Les meilleurs de la contrée ! Avec leur coin estampillé par l'Inspecteur des Manufactures ! grogna Gérard Martin sans lever les yeux de ses chiffres. Vois avec mon frère pour la marchandise. As-tu moyen de payer ton achat ?

Le colporteur rit de bon cœur.

- Chacun sait que tu ne fais pas crédit Martin !

- On fera bien de se le rappeler ! coupa Gérard en levant enfin les yeux et en fixant l'ambulant.

- La grande tournée m'a rapporté gros cette année, dit le visiteur sur un ton plus hésitant. La bonneterie de Montréjeau se vend bien. Je vais repartir avec mes deux fils. Il me faut de nouvelles marchandises.

- Bernard, occupe-toi de lui !

- Suis-moi ! dit le frère.

Les deux hommes sortirent de la maison pour se rendre dans un hangar de bois flambant neuf adossé à la bâtisse.

Des piles de tissus s'entassaient. Des cadis, des rases, des draps de lin, de chanvre. Le colporteur examina la trame, la qualité du tissage, la régularité des coins fixés à un angle de la pièce d'étoffe avec leur estampille aux trois fleurs de lys. Il déplia plusieurs pièces. Visiblement satisfait, il fit son choix.

- Je viendrai demain avec mes fils pour les récupérer.

- Tu pourras payer à ce moment-là ! précisa Bernard en posant les étoffes retenues sur une caisse de bois.

Ils allaient sortir quand deux autres colporteurs se présentèrent à l'entrée du hangar.

Dans sa pièce encore sombre, Gérard comptait. Les louis commençaient à trouver le chemin de son coffre. Le bois se vendait bien, les draps aussi. Voici trois ans, juste avant la naissance de son premier enfant prénommé Joseph, il avait commencé à transformer cette masure en maison, certes modeste mais confortable.

Le sieur Sacaze, homme prospère et reconnu de Saint-Béat, avait accepté de donner la main de sa fille Marie à ce jeune marchand qui faisait montre de belle énergie et d'une solide envie de commercer à grand profit. Le parti lui avait semblé fécond. Gérard ne pouvait décevoir un notable qui compterait bientôt pour sa réception dans le cercle des nantis.

Peu avant son mariage, Gérard avait donc entrepris une profonde amélioration de cette maison, pour sa famille, pour ses affaires, et pour le prestige qu'il cherchait à tout prix. Les meubles commandés furent payés à l'ébéniste sans bourse délier mais en lui fournissant du bois gracieusement. Cependant, quand il marchait dans les rues animées de Saint-Béat, il ne pouvait ignorer les façades des belles bâtisses à étages des autres marchands. Il lui fallait grandir !

Il souffla, agacé. Il reposa sa plume. Il se leva, enfila sa veste neuve achetée à Saint-Gaudens, plaça son tricorne avec application et sortit dans la rue. Il traversa le pont de bois et se dirigea vers l'esplanade du Gravier. Il prit une étroite ruelle et ouvrit la porte d'une maison. Il grimpa l'escalier et se retrouva dans une grande salle occupée par une bonne vingtaine de personnes. Habitué des lieux au point de sembler y avoir élu domicile, le curé de Bouts discutait avec le vicaire de Saint-Béat. Pas de sacrements ni d'évangiles. Au centre, l'objet de tous les désirs : le billard. Gérard Martin salua et reçut en retour amabilités et courtoisies d'usage. Il regarda la partie en cours puis s'intégra enfin pour propulser les boules et les faire claquer.

- Tu es bien adroit aujourd'hui Gérard ! dit un jeune homme de son âge.

- Je commence à dompter force et adresse.

La partie dura longtemps, entrecoupée de plaisanteries. Au billard de Saint-Béat se retrouvaient les personnalités marquantes de la cité, les riches marchands, les curés de plusieurs paroisses alentours, des nobles et des avocats, le notaire Montané et le procureur du Roi François de Bessan de Rap qui venaient d'hériter tous deux de la charge de leur père, tout comme le juge Jean François Cailheau de Campels. Cette joyeuse troupe de jeunes hommes qui débutaient leur carrière s'enrichissait de quelques notables âgés, souvent silencieux, distillant de sages conseils à qui trouvait la patience de les écouter. On y rencontrait aussi les Consuls de la cité. Bien des débats se déroulaient en ce lieu de jeu discret. Souvent, ils éclairaient les décisions officielles à prendre dans la Maison Commune.

Bientôt Gérard abandonna sa place et vint s'asseoir dans le creux d'une bergère près de la fenêtre. Le maître des lieux lui apporta le gobelet de chocolat qu'il n'avait su refuser. Il le posa sur une petite table ronde à la marqueterie soignée.

Dans le fauteuil à côté du sien, un homme savourait à petites gorgées le goût amer d'un café des colonies. L'embonpoint, la rondeur de son visage rougeaud encadré d'une courte perruque bien poudrée, le luxe de son veston et de sa culotte brodée, la préciosité de ses gestes, la douceur dans la maîtrise de cette fragile tasse tenue entre les deux doigts boudinés d'une main généreuse, tout du notable respirait le confort du marchand enrichi. Il possédait des fours à chaux sur les flancs de la montagne de Rie, juste en face du château de Rap. Gérard Martin connaissait sa réputation. Il avait déjà évalué sa surface financière.

- Vous brûlez de nombreuses voitures de charbon de bois dans votre four ? demanda Gérard l'air détaché.

L'homme tourna légèrement sa tête massive. Il sourit.

- Un très grand nombre ! Voilà bien la principale dépense de mon industrie !

- Que diriez-vous de dépenser moins, beaucoup moins ?

L'homme baissa le volume de sa voix. Discuter affaire réclamait de la discrétion.

- Je n'ai pas l'honneur de vous connaître, mon ami ! dit-il doucement sans détacher son regard de la table de billard.

- Martin, Gérard Martin. Je suis le fils d'Etienne, le marchand de bois.

- Un bien brave homme que votre regretté père. Honnête et travailleur. Voilà des qualités qui se perdent de nos jours.

- J'ai pour vous de l'excellent charbon, à un prix inférieur au marché… Très inférieur…

L'industriel ne bougea pas d'un souffle, comme indifférent à la proposition. Il resta silencieux un temps.

- Passez donc me voir ce soir mon ami ! Nous aurons tout loisir de faire commerce.

11

Le lendemain,
6 mai 1756
Bagnères-de-Luchon

Au matin, quittant son auberge de Bagnères-de-Luchon, le chevalier de Noé acheta un beau cheval sans trop de marchandage.

A la sortie du village, il prit le petit chemin rocailleux qui, vers le sud, passait à travers champs et jardins, en bordure de montagne. Dominique de Noé arriva près d'un ensemble de modestes constructions quand il s'aperçut que son cheval boitait légèrement. Il mit pied à terre. Soulevant la patte de sa monture, il constata que son fer, mal fixé, se détachait du sabot. Il pesta contre ce commerçant malhonnête qui n'avait pas vérifié si simple condition.

Une petite agitation régnait près du bâtiment devant lequel il s'était arrêté. Il appela un jeune garçon qui vint prestement à sa rencontre.

- Veux-tu gagner une pièce ?

Le gamin n'hésita pas.

- Cours jusqu'à Bagnères-de-Luchon. Va trouver le loueur de chevaux. Tu sais où il se trouve ?

- Pour sûr ! dit le gamin en riant.

- Dis-lui de me conduire une nouvelle monture ici même.

Regardant le bâtiment:

- En quel lieu précis sommes-nous ?

- Aux bains de la ville, noble seigneur !

- Allez cours vite ! Je n'ai pas de temps à perdre.

Le garçon aux pieds nus s'éloigna en courant.

Le chevalier de Noé s'approcha du groupe de personnes qui attendait devant le bâtiment.

- Savez-vous que le baron de Bertren a été guéri de sa surdité, dit un bourgeois aux habits criants de couleurs.

- Voici plus de vingt ans, l'abbé Mazurier et le curé de Saint-Bertrand vinrent prendre les bains dans la piscine du sieur Lafont, ou peut-être dans celle du sieur Rey, compléta un ecclésiastique au teint pâle qui contrastait avec son habit noir légèrement sali par la poussière du chemin. Ils guérirent eux aussi sans la moindre potion ni vil apothicaire !

- Pourquoi le fermier des bains nous fait-il attendre ? enrageait un vieux monsieur nerveux et impatient.

- Diantre ! L'eau est encore trop chaude ! précisa un homme aux besicles avec cet air agacé et suffisant de celui qui sait et s'étonne de tant d'ignorance. Ils la font passer chaque soir de la source à la piscine par un tuyau de bois. Mais elle est si chaude qu'elle ébouillanterait un porc. Voulez-vous donc cuire ainsi ?

L'assistance rit de bon cœur, sauf le prêtre qui leva les yeux au ciel.

- Pour que nous puissions plonger en ces eaux, ils attendent toute la nuit qu'elles refroidissent. Si elles sont encore trop chaudes au matin, ils les battent avec des perches de bois. Tendez l'oreille !

Le groupe se tut et effectivement, comme les autres, Dominique de Noé entendit les clapotis de l'eau frappée qui éclaboussait.

- Je suis déjà venu plusieurs fois ! coupa un homme. Et je reviens encore tant le bénéfice de cette eau m'apporte un soula-gement. Le chirurgien de Montréjeau n'a pas de mots plus justes pour nous inviter à faire ce pénible voyage.

Le groupe écoutait maintenant cet homme mûr mais qui semblait affaibli.

- Voyez-vous, avant, il fallait se baigner en plein air, au regard de tous.

Le chevalier, captivé par cet échange se glissa dans la conver-sation.

- Comment se passent les bains aujourd'hui ?

L'homme se retourna, vit ce jeune noble près de lui, s'étonna en jouant du regard et des sourcils, puis le salua respectueusement.

- Noble seigneur, sachez que chacun dispose, dans la piscine même, d'une auge remplie d'eau chaude. Elle n'est pas très grande. Quatre pieds de large, sept pieds de long et un pied environ de profondeur.

- Sacrebleu ! interrompit un homme inquiet dont l'embonpoint disait la cause de son voyage aux bains.

- On s'allonge dans ce bac et on referme sur vous un couvercle. Une petite ouverture permet tout de même de sortir la tête.

Un soupçon d'hésitation se fit sentir dans le regard des nouveaux venus attirés par la réputation qui se colportait de marchés en salons, de dîners en causeries mondaines. Chacun était séduit par la rumeur de ces guérisons mais si peu informé de la pratique de ces bains.

Le jeune garçon envoyé à Bagnères-de-Luchon arriva, tenant un cheval par la bride.

- Je vais reconduire le vôtre, dit le gamin en empochant sa pièce.

Il fit quelques courbettes et s'éloigna avec le cheval qui boitait.

Monsieur de Noé salua l'assemblée et se remit en selle. Il longea le lac. Il regarda vers l'est, vers le pied de la montagne, cherchant les toits de chaume de Saint-Mamet, le clocher de son église et la tour du château de la noble famille de Fondeville.

Chevauchant au pas, Dominique scrutait non sans curiosité les vastes et grasses prairies de cette large vallée. Des nombreuses mules paissaient. Il savait qu'elles appartenaient à Pierre de Fondeville, seigneur de Saint-Mamet et de Moustajon, certainement l'homme le plus riche de la vallée. Il franchit au pas la rivière Pique par un gué profond puis son cheval escalada le talus de la rive.

12

Le même jour,
6 mai 1756
Bagnères-de-Luchon

Les deux cavaliers mirent pied à terre devant l'église.

- Conduis les chevaux au loueur, dit Gérard Martin à son frère. Rejoins-moi chez le notaire, sur la route de Saint-Aventin.

Bernard saisit les deux brides et s'éloigna dans une ruelle qui grimpait légèrement vers la montagne.

Il retrouva son frère installé dans l'étude du notaire royal.

- Vous pouvez maintenant lire l'acte ! dit Gérard qui conduisait les affaires.

Lecture faite, signatures posées, papier plié, cacheté, Gérard en glissa un exemplaire dans sa veste et salua le notaire. Pas de temps à perdre en palabres.

Les deux frères prirent la route du sud d'un pas décidé.

- Ce terrain est-il bien placé pour notre future industrie ? s'enquit Bernard pour rompre la glace.

- Douterais-tu de ma stratégie, petit frère ?

- Pas le moins du monde.

Les deux hommes accélérèrent encore le pas sur ce sentier caillouteux qui longeait la plaine. Un gamin pied nu faillit les percuter tant il courait vite vers le village.

Ils passèrent sans se retourner devant un groupe de personnes qui discutaient devant le modeste bâtiment des bains. Un gamin tendait les rênes d'un cheval sellé à un jeune noble au tricorne altier. Ils continuèrent leur chemin en remontant la Pique. Après une bonne demi-heure de marche, ils obliquèrent vers la droite et entrèrent dans la forêt.

- Voilà notre terrain, dit Gérard en montrant une petite pierre dressée.

Bernard trouva un autre caillou pointu.

- L'autre borne est ici ! Et voilà la troisième. La dernière ne peut se trouver que dans cette direction.

Il marcha alors lentement en comptant ses pas à haute voix.

Gérard sortit deux hachettes du sac qu'il portait en bandoulière.

- Coupons de courts piquets !

Les deux frères attaquèrent un noisetier aux branches fortes et droites. Il ne fallut pas longtemps pour obtenir un petit tas de bâtons taillés en pointes.

Gérard attacha une cordelette à l'un des piquets qu'il planta près d'une des bornes. Il tendit la corde jusqu'à l'autre pierre et planta un nouveau bâton. Il fit de même avec les autres marques des limites et bientôt le terrain fut correctement et visiblement tracé. Ils fichèrent dans le sol d'autres marques de bois régulièrement espacées le long de cette corde tendue. Gérard la détacha, avant de l'enrouler et de la fourrer dans son sac, avec les hachettes.

- Tu vas rester plusieurs jours au village de Luchon. Engage des bûcherons. Précise que tu es un Martin, et mon frère. Cela t'évitera de recruter des crapules ou des fainéants. Cette engeance-là me craint. Dans six jours, ils devront avoir défriché la parcelle. Sur ce bord-là, fais-leur construire une cabane avec des bois abattus. As-tu compris ?

- Ce sera fait. Ne t'inquiète pas.

Les deux frères redescendirent. Ils virent au loin le cavalier au port altier passer la Pique à gué et se diriger vers le village de Saint-Mamet en direction du château de la famille de Fondeville.

- On dit qu'ils sont riches ! dit Bernard en montrant au loin la tour de la demeure blottie contre la montagne naissante, au sud de l'église, près de la sortie de Saint-Mamet.

- Qui est cette famille ?

- Les Fondeville ! Une vieille et noble famille. Ils commercent les mules !

- Les mules ! Et cela rapporte donc autant ? s'étonna Gérard fronçant ses gros sourcils noirs.

- On les dit dotés d'une solide fortune.

- Faudra qu'on s'intéresse de près à ce commerce. Mais pour l'instant, organisons ici la fabrication du charbon de bois.

La conversation se poursuivit en marchant vers le village.

- Nous devrons bien acheter des mules à ce noble Fondeville pour transporter le charbon jusqu'à Saint-Béat.

- Nous pouvons louer celles des muletiers du village ! bredouilla Bernard.

- Ah oui ! Tu n'as qu'un bien piètre sens des affaires, petit frère ! Crois-tu que je vais me plier à leur tarif ? Non, j'achète les mules, je recrute des conducteurs et je les paie comme je le souhaite ! Je suis maître chez-moi !

13

Le jeune chevalier Dominique de Noé, fils de feu le Sénéchal et gouverneur des Quatre-Vallées d'Aure, de Magnoac, de Neste et de Barousse, chevauchait à pas mesurés sur le court chemin qui conduisait de Bagnères-de-Luchon à Saint-Mamet. Il avait franchi le gué et avançait en direction du village.

Quelques modestes maisons entouraient l'église. Il identifia la tour qui signalait le château appuyé sur le flanc de la montagne. Il longea une scierie et arriva devant un mur d'enceinte partiellement ruiné. Il resserra le nœud du catogan vert qui lui ceignait ses longs cheveux derrière la tête, redressa son tricorne et mit pied à terre. Un domestique qui avait entendu les pas du cheval sortit de la cour, salua le visiteur, vint prendre la bride et conduisit sa monture vers l'écurie. Un deuxième valet l'invita à le suivre pour contourner le bâtiment vers la façade ouest.

Pierre de Fondeville, petit homme trapu mais à l'allure altière, apparut sur le perron, en haut de l'escalier double en marbre blanc de Saint-Béat. Il permettait d'atteindre la porte d'entrée du modeste mais robuste château. La solide bâtisse flanquée d'une tour puissante, ouvrait ses fenêtres sur la plaine et sur le village de Bagnères-de-Luchon au loin, de l'autre côté de la vallée. La richesse des habits du seigneur des lieux, la finesse de l'étoffe brodée de son gilet portait le gage d'une fortune qui ne se lisait pas dans l'ornementation simple et dépouillée du petit jardin de l'entrée. Aucune statue de figure antique ou de personnage mythologique ne venait réchauffer de sa présence la froideur géométrique de la façade au style encore médiéval. Ici, la noblesse respirait la rudesse du climat. Elle n'avait pas oublié les incursions des Miquelets. Ces fusiliers catalans des montagnes avaient déferlé du versant espagnol en septembre 1711 pour assiéger les villages de la vallée, pour piller et incendier. L'attaque datait de plus de quarante ans mais restait gravée dans les mémoires comme une sourde menace. C'est à cette époque que Pierre, déjà nanti d'une petite fortune, avait acheté le domaine à la Demoiselle de Berdelin, veuve de noble Simon de Mailhos décédé en Espagne. Son union avec Françoise de Moustajon lui avait apporté des biens à Saint-Mamet. Le château était alors devenu le centre des possessions familiales.

Les Miquelets avaient partiellement détruit le mur d'enceinte et des dépendances. Après leur départ, dame Berdelin n'avait pas lésiné sur les moyens pour faire réparer les écuries et la scierie. Le corps de logis avait peu souffert de l'attaque. En souvenir de ces troubles, dans l'écurie du château, une petite pièce contenait toujours, sous clé, des armes et de la poudre.

Pierre de Fondeville accueillit son visiteur qui s'était découvert avec grâce.

- Nous vous espérions monsieur le chevalier de Noé. Entrez-donc ! Cette demeure est la vôtre.

Il invita le jeune homme à le rejoindre sur le perron de l'escalier double.

Il l'introduisit dans une grande pièce un peu sombre. Le salon richement décoré, percé de deux étroites fenêtres, donnait à l'ouest sur le jardin. Une porte double ouvrait sur la salle à manger. Les murs, couverts de boiseries aux moulures sculptées, rehaussées de motifs végétaux verts, distillaient une atmosphère de calme, de confort et de sécurité. Le seigneur de Saint-Mamet et de Moustajon régnait sur un vaste domaine et son commerce de mules lui assurait de solides revenus. L'homme se révélait aussi adroit en affaire que ses ancêtres. Certes, la noblesse de la vallée lui reprochait une avidité incompatible avec ses titres qu'il déclarait lui-même anciens et prestigieux. Il n'en avait cure, ironisant sur d'autres seigneurs qui, eux aussi, s'adonnaient au commerce mais dans la discrétion.

- J'ai plaisir et honneur de vous présenter monsieur mon fils ! dit-il en désignant d'un geste large un jeune homme de trente ans. C'est pour lui et le bonheur de sa famille que nous allons traiter cette affaire, monsieur de Noé.

Assis dans un confortable fauteuil à la reine, Bertrand de Fondeville se leva d'un bond, salua poliment d'un hochement de tête. Il ne semblait pas posséder les rondeurs diplomatiques de son père qui, sous des dehors affables, se révélait un négociateur avisé. Peu soupçonnaient l'ampleur de la fortune d'un seigneur au château modeste, faisant commerce de mules avec le voisin du Val d'Aran régi par l'autorité du Roi d'Espagne. Lui seul savait comment un adroit trafic de contrebande l'avait conduit à se jouer des nombreux conflits, guerres et escarmouches qui troublaient les versants nord et sud des Pyrénées. La tradition familiale voulait que l'on s'arrangeât avec les deux camps pour fournir discrètement aux partis opposés, des mules à prix d'or. L'animal restait indispensable pour tirer les pièces d'artillerie sur ces sentiers de montagne. Il pouvait conduire des voitures chargées du ravitaillement des troupes. Une mule était capable de transporter jusqu'à cent cinquante kilos de marchandises, de poudre, d'armes. La pénurie, les interdits royaux des deux camps augmentaient la valeur de ces animaux que la famille de

Fondeville achetait, puis faisant grandir dans ses grasses prairies de Saint-Mamet, avant de les vendre légalement aux Espagnols, mais aussi plus discrètement. Des convois nocturnes quittaient la plaine pour grimper dans le bois de Hournet, juste au-dessus du château avant de rejoindre la cabane du Courau de Culège. Là, un homme posté pouvait indiquer si la voie était libre pour traverser à flanc les bois de la Réouère et rejoindre le col du Portillon par le bois de Soulas. Il suffisait ensuite de redescendre sur le Val d'Aran, au-dessus de Bossost.

Les affaires prospéraient et nécessitaient de s'agrandir. La seigneurie de Marignac que lui proposait la famille de Noé offrait de belles promesses avec ses prairies sur le flanc du Burrat, sa situation près du verrou stratégique de la ville royale de Saint-Béat et son accès possible vers l'Espagne par la montagne.

Le sieur notaire Desbarats se déplaça pour se courber et saluer le visiteur attendu.

- Prenez donc cette marquise mon ami et souffrez que l'on vous offre un rafraîchissement.

Monsieur de Noé accepta de bon cœur. Cette journée de mai annonçait les chaleurs d'un printemps généreux. Il se laissa choir dans le fauteuil qui faisait face à celui de Bertrand de Fondeville. Par la fenêtre, il regarda longuement le profil des toits de chaume et d'ardoises de Bagnères-de-Luchon. Ils annonçaient le départ de la vallée du Larboust et les crêtes encore enneigées.

- Triste pays, se dit-il.

Le paysage rompait avec celui de la ville dans lequel il se fondait depuis son plus jeune âge. L'agitation de Toulouse, de Bordeaux, surtout de Paris encombré de populace et de véhicules, mais riche de fêtes étourdissantes, cette vie-là lui sembla lointaine et ce village plus dépaysant qu'une île du bout du monde. Monsieur de Noé se devait d'être un jour présenté à la Cour. La famille intriguait donc en le plongeant dans le bain des mondanités.

Un valet réapparut, venant de l'office. Il portait un plateau d'argent au centre duquel quatre verres à pied offraient une limonade désaltérante.

- Quelles nouvelles nous apportez-vous de Bagnères-de-Luchon ? lâcha Pierre de Fondeville comme pour rompre la glace.

- Rien de bien passionnant. Tout au plus ai-je aperçu une scène étonnante que je puis relier à ce qui se discute dans les soupers de Toulouse. Un groupe de personnes semblait vouloir s'assembler pour prendre les eaux. Ne dit-on pas qu'elles guérissent ?

- Leurs vertus me paraissent exagérées ! dit Pierre en souriant.

- Je m'étonne tout de même que l'on en parle tant en ville. Beaucoup semblent vouloir prendre les eaux en ces fonds de vallée inaccessibles. Avez-vous subi la malédiction de cheminer sur ces horribles chars qui vous détruisent le dos ? Chaque chaos du chemin complote avec fureur, au dessein de vous rompre les os. Pour transporter ces malades et leur offrir une chance de survivre à cette épreuve, il faudrait certainement construire une route carrossable de Montréjeau à Luchon ! Voilà qui serait assurément un rêve bien singulier…

L'idée fit réagir Bertrand. Il tendit l'oreille sans trahir son intérêt.

- Bientôt, vous serez alors visité par nos nobles amis, et par une foule de souffreteux avides de boire à votre fontaine de jouvence, mon cher de Fondeville.

Pierre perçut le regard électrique de son fils. Il fit adroitement dévier la conversation. Il avait lui aussi compris les désagréments que provoquerait l'ouverture d'une route. Elle pourrait mener en fond de vallée le regard de personnages à la curiosité dérangeante et une cohorte de riches seigneurs quittant les ambiances fétides des grandes cités du royaume pour venir prendre les eaux pures de la montagne. Ces riches oisifs s'offriraient certainement le luxe de promenades dans les villages, et même vers des prairies d'altitude en chaises à porteur. La part discrète du commerce de la famille de Fondeville ne pouvait souffrir trop de lumière. Ce jeune chevalier apportait la preuve que cette idée folle d'une route courait bien dans les discussions mondaines et qu'elle s'enivrait déjà d'arguments précis, et peut-être même de désir.

- Si nous examinions l'affaire qui nous appelle ! Nous pourrions, avec votre agrément, nous déplacer vers mon cabinet de travail ?

- Vous êtes maître en votre demeure, messire de Fondeville !

Monsieur de Noé se leva, salua son hôte.

- Serviteur, monsieur !

Il suivit un valet qui lui montra le chemin et ouvrit la porte double avant de s'écarter. Dominique de Noé traversa la salle à manger dont le mur est s'ornait d'une splendide cheminée, suivi du notaire, de son hôte et de son fils. L'agréable pièce lumineuse occupée par une table centrale entourée de chaises capitonnées recevrait les protagonistes de la transaction pour un repas de conclusion. La fenêtre de l'ouest, toute en hauteur, dévoilait le panorama de la vallée, une vue plongeante sur le jardin entouré des vestiges du puissant mur, et, au-delà, sur les prairies aux mules et sur la Pique.

Un escalier de bois sculpté conduisait à l'étage supérieur, celui des chambres.

Une porte étroite menait à l'office avec son escalier plongeant vers la cave et le magasin des denrées et réserves. Une deuxième donnait accès aux appartements de la tour, et en particulier au salon de travail de Pierre de Fondeville. Chacun grimpa l'étroit escalier de pierre pour atteindre une pièce austère, peu éclairée par les minuscules ouvertures. De solides armoires, adossées aux murs de pierres nues, emprisonnaient courriers, papiers, traités, titres, actes notariés, et protégeaient certainement de bien discrets secrets de famille. La table de travail attendait, dépouillée de tout document superflu.

Une fois l'assemblée installée dans de confortables chaises, le notaire, sur un geste du seigneur des lieux, entreprit la lecture de l'acte de vente par lequel Pierre de Fondeville devenait maître de la seigneurie de Marignac, des terres et du château afférent.

- Sommes-nous d'accord pour la somme discutée ? demanda le notaire.

Dans un même signe Pierre de Fondeville et Dominique de Noé approuvèrent.

- Sommes-nous bien d'accord pour que le paiement s'effectue sans délai et en pièces d'or ?

Aucun nuage ne vint altérer la conclusion d'une négociation entamée voici de nombreux mois. Pierre de Fondeville saisit sa plume trempée dans l'encrier et apposa sa signature sur l'acte que venait de lui tendre le notaire.

- Serviteur, monsieur ! dit-il au chevalier de Noé qui signa lui aussi.

Le notaire marqua une pause, le visage fermé, l'air concentré. La transaction s'avérait de haut niveau et l'obligeait à une certaine théâtralité.

- L'importance de la somme m'oblige à vous demander, messire de Noé, si des mesures de sauvegarde sont prévues, et sont à la hauteur des dangers qui vous guetteront dans la vallée pour votre retour.

- Je vous sais gré de vous soucier de ma sécurité, mon ami. Bien que la transaction soit demeurée secrète, dans moins d'une heure, je serai ici rejoint par quatre solides cavaliers de mon régiment. Ils formeront escorte pour me conduire jusqu'à Montréjeau. Leur fidélité et leur adresse au mousquet sont mon assurance. En cette ville, une voiture discrète m'attend qui prendra la route de Toulouse au plus vite.

Il marqua une pause pour fouiller dans son sac de cuir en bandoulière. Il en extirpa deux objets dorés et ornés de franges, qu'il montra.

- Peut-être que la vue de mes toutes récentes épaulettes saura les dissuader ! Me voici depuis peu *mestre de camp* de cavalerie par la générosité de mon frère qui me fait l'honneur de cette charge en récompense de la délicate mission présente.

- Diantre ! Vous arrivez en noble marchand et repartez en colonel de régiment ! La métamorphose est audacieuse et ne manque pas de panache.

Un rire partagé fusa autour de la table.

- Pour votre gouverne, monsieur de Noé, sachez qu'une petite troupe de soldats démobilisés sillonne la région. On soupçonne ces soudards dissimulés dans les grottes de la vallée de Barousse. La perte de leur solde leur fait guetter les moindres transports. Soyez vigilants. Votre escorte peut aussi attirer l'attention.

- Sans oublier les Miquelets toujours prêts à fondre sur nous depuis les vallées du versant sud ! compléta Bertrand d'un ton sec.

Pierre de Fondeville se leva. Il s'approcha d'une armoire nichée dans l'épaisse muraille du château. Il introduisit une clé et ouvrit une lourde et solide porte de chêne sculptée, renforcée de ferrures en acier martelé. Deux coffres attendaient. Il appela ses laquais. Ils soulevèrent avec peine l'un d'eux et le portèrent difficilement vers le centre de la pièce. Le notaire Desbarats répondant au geste de Pierre de Fondeville qui venait de lui donner une plus petite clé, déverrouilla puis ouvrit le coffre de bois blindé de solides plaques et de barres de métal.

- Les pièces sont en bon ordre ! dit le notaire qui venait de se pencher pour examiner d'un coup d'œil le contenu et vérifier que l'agencement régulier par lui préparé n'avait pas changé.

- Je viens vous prier, Desbarats, de compter cet or devant monsieur notre vendeur avec zèle et précision.

- Votre parole et celle de votre famille ont la valeur du métal de vos pièces, messire de Fondeville ! s'offusqua presque le chevalier dont le regard ne pouvait se détacher d'une si belle fortune.

- Vous voici donc l'heureux détenteur de la somme de soixante et un mille cinq cents livres.

- Et vous monsieur, le maître d'une bien belle seigneurie.

Pierre se retourna vers Bertrand, lui tendant une lettre déjà préparée, signée et cachetée de cire rouge.

- Vous voici ce jour monsieur mon fils, le nouveau seigneur de Marignac !

- Par la grâce de votre générosité, mon très cher père ! Je vais de ce pas annoncer la nouvelle à ma bonne épouse.

- Rejoignez-nous donc pour dîner ! dit Pierre entraînant le notaire et monsieur de Noé vers l'étroit escalier et la salle à manger dont la grande table ovale avait été dressée.

Bertrand de Fondeville quitta le cabinet de travail. Il redescendit quelques minutes plus tard, accompagné de son épouse Jaquette de Lassus, fille de monsieur le

Contrôleur des Marbres du Roi. Elle tenait par la main leur fils Pierre-Clair, âgé d'à peine trois ans. Pouvaient-ils imaginer un seul instant, le destin glorieux qui le ferait entrer dans l'histoire ? Au bas de l'escalier, l'enfant fut rapidement pris en charge par la gouvernante. En chef de famille, Pierre de Fondeville trônait déjà à l'extrémité de sa table. Il invita ses convives à venir le rejoindre. A sa gauche, Françoise de Moustajon, son épouse, accueillit le chevalier d'un large sourire de bienvenue. Bertrand et Jaquette s'assirent en face de leur noble vendeur et du sieur Desbarats.

Le raffinement des plats qu'un valet introduisait de l'office proclamait mieux qu'un discours, qu'une ode, ou qu'un éloge, la véritable fortune de cette famille. On disserta avec esprit sur l'époque, sur les nouvelles de la Cour, sur les grandes affaires du royaume, sur le passage aventureux de voyageurs originaux dans la vallée.

Le chevalier de Noé, *mestre de camp* de cavalerie, évoqua en jeune chef de régiment, les troubles provoqués par tant de guerres et d'escarmouches dans ces montagnes. Pierre de Fondeville éluda et fit dévier adroitement la conversation sur la battue à l'ours qui se préparait au village.

- Quelques-uns de mes domestiques prêteront main-forte aux villageois. Le nombre de mousquets est primordial en l'affaire.

- Contez-nous donc cette périlleuse entreprise, mon ami ! Je serai heureux de m'instruire de ces coutumes.

Bertrand de Fondeville raconta, une lueur d'acier dans le regard. Trouver la cachette de l'ours puis le déloger avec des branches enflammées. Obliger le plantigrade à fuir son repaire. La troupe d'hommes correctement placés en cercle devant l'entrée n'avait plus qu'à attendre la sortie de la bête pour la larder de plombs. Aucun coup de fusil ne devait manquer.

Monsieur de Noé frémit à l'évocation de cette chasse, impressionné par la détermination énergique du verbe sec, précis, métallique et acéré de Bertrand de Fondeville.

La dégustation d'un aromatique café des Colonies laissa le temps aux cavaliers d'escorte de rejoindre le château de Saint-Mamet. Le fort volume de pièces d'or fut réparti en plusieurs sacs de cuir suspendus aux selles des chevaux de ces hommes d'armes visiblement mieux aguerris que leur jeune chef. La compagnie salua le maître des lieux et s'éloigna vers le nord, descendant le cours de la Pique avant de rejoindre le chemin de la vallée vers Cierp. A sa tête, le jeune chevalier leva son bras et arrêta le groupe un instant. De ses fontes, il extirpa deux objets brillants. Sur sa veste, il épingla les deux belles épaulettes aux franges dorées, signes enfin distinctif de sa fonction de commandant de régiment. Les armoiries de la famille de Noé y figuraient avec leur damier sang et or, expression simple et dépouillée de l'histoire ancienne d'une très vieille lignée.

Dans le château de Saint-Mamet, le seigneur des lieux et de Moustajon par son épouse invita son fils à le rejoindre à sa table de travail.

- La charge qui vous incombe désormais mon fils n'est pas de tout repos.

- J'ai déjà mesuré l'ampleur de la tâche en vous secondant mon cher père.

- Je ne parle pas ici de nos affaires. Je ne doute point que vous y soyez d'une belle adresse. Je l'ai déjà mesuré. Mais il vous faudra ouïr nombre sollicitations, plaintes et récriminations des villageois de la vallée. Je vous ai ici préparé plusieurs placets à lire pour votre gouverne. Les chicanes sont des plus diverses. Les communautés savent se disputer pour des bornes, chacun accusant le voisin de les avoir dépassées frauduleusement. Vol de bois, coupe d'arbres sur le territoire d'un autre, contestation d'une taxe ou d'un impôt que l'on dit illégitime ou bafouant d'anciens privilèges, très vite la querelle vire à la rixe. Les fusils sont toujours chargés, vous le savez mon cher fils.

- J'ai bien connaissance de ces tracas qui font le sel de nos conversations. Ainsi les villages de Juzet et Montauban sont-ils toujours en guerre ?

- Interminable. Sitôt un accord trouvé une nouvelle chicane s'ouvre. Et si ce n'est avec Montauban, c'est avec Sode, ou Moustajon, lesquels sont aussi en querelles avec d'autres communautés, sans parler des villages du Val d'Aran derrière la crête de la frontière. Vous serez sollicité pour appuyer tel ou tel camp quand il vous faudra arbitrer. Gardez-vous de pencher. Soyez juste, équilibré.

Bertrand approuva.

Sans plus attendre, il s'installa confortablement. Il rajouta un généreux chandelier sur la table de travail que, ce soir, lui abandonnait son père satisfait d'une journée fructueuse. Le nouveau seigneur de Marignac ouvrit la chemise aux placets et se plongea non sans délectation, surprise et parfois sourire, dans la lecture de tous ces écrits, découvrant quelques secrets d'agitations qui animaient la vie des vallées.

- Je me sens la force et le courage de prendre ce chemin par vous tracez, père.

- N'oubliez jamais, Bertrand, que de petites et insignifiantes querelles, nées d'un rien, deviennent des sources généreuses. Elles deviennent ruisseaux, puis torrents capables des pires destructions. Il vous faudra quelquefois retourner à cette origine pour connaître les raisons d'un crime, recoudre les pièces d'un tissu déchiré et dispersé, pour mieux voir et comprendre le tableau de l'infamie. Soyez donc attentif aux moindres détails. Votre esprit saura reconstituer la vérité.

14

Dans les jours qui suivirent la transaction dont le montant colossal resterait secret, Pierre de Fondeville et son fils commencèrent l'installation de ce dernier dans sa splendide demeure. Un convoi de mules chargées de caisses quitta le château de Saint-Mamet pour rejoindre celui de Marignac.

Bertrand accepta d'engager des hommes connus de son père et une escouade de valets s'installa.

- Faites mander le meilleur tailleur de Saint-Béat. Qu'il fabrique les livrées dont ma belle Jacquette choisira la couleur et le tissu.

- Faites excuses notre maître. Il n'est pas de tailleur assez habile à Saint-Béat.

- Mandez alors celui de Montréjeau, ou de Saint-Gaudens, ou de Toulouse même : nous ne regarderons pas à la dépense.

Le château de Marignac se dressait sur un replat dans la pente qui descendait du Burat, juste en dessous d'une petite chapelle dédiée à Saint-Martin, et face à la ruine d'une austère tour carré plantée sur un mamelon rocheux escarpé.

Bertrand de Fondeville manifesta très vite son intention de parer cette bâtisse des plus beaux meubles qu'il se puisse trouver. Son ancien occupant, monsieur de Noé, tout attaché à récupérer le plus possible de louis à injecter dans sa construction du château de l'Isle, l'avait presque entièrement dépouillée par des ventes. Jaquette, l'épouse et nouvelle châtelaine, plus habituée aux fastes de la demeure de son père à Montréjeau qu'à la rudesse de la tour de Saint-Mamet, approuva. Pierre, fier et honoré de ce nouvel et prestigieux état, accepta de pourvoir à la dépense, assuré que son fils allait sérieusement s'engager dans les affaires. Il fallut donc se rendre régulièrement à Saint-Béat, à Montréjeau et à Saint-Gaudens pour passer commande.

A Marignac, dans le parc aux vastes terrasses retenues par de solides murs de pierres grises qui gommaient les pentes, le petit Pierre-Clair découvrait les mystères de la nature, le chant des merles et des mésanges, la fuite rapide de lièvres égarés. Du haut de son promontoire, il dominait les toits d'ardoises du village qui regardaient les falaises claires du Pic du Gar et les prairies grasses parcourues par les mules de son père et de son grand-père.

- Ma très chère épouse, voyez ces dessins que l'on m'apporte. Vous agréent-ils pour la fabrication de nos meubles ?

Jaquette sourit. Elle regarda la pile de feuillets que son époux lui tendait. Elle les étala sur la table.

- Examinons-les de concert mon bel ami !

Le premier dessin aux traits rehaussés de couleurs et enrichi de commentaires représentait un meuble destiné à l'écriture. Elle examina les formes générales, les détails des moulures, des boutons des tiroirs.

- Je ne connaissais pas ce type de meuble.

- Voilà une nouveauté en provenance de Paris. J'ai reçu ces dessins par la malle de Poste. On dit, dans la capitale, que les meubles doivent maintenant avoir leur spécificité, servir exclusivement une fonction précise. Ce bonheur-du-jour vous aidera dans l'écriture de votre correspondance que je sais généreuse...

- Voilà un objet de belle facture. S'il vous plaît de le

faire fabriquer par vos soins, je l'accepterai avec bonheur.

- Regardez aussi les dessins des commodes, que nous doterons de marbres différents pour chaque chambre. Découvrez tous ces modèles de tables aux pieds galbés, et cette ravissante table à bijoux.

Bertrand se mit lui-même à tourner les pages libres, mettant souvent un croquis à l'honneur.

- Voyez la beauté de ces chaises, les formes douces de ces bergères et de ces canapés dont il vous faudra choisir les tissus.

- Je vous découvre une sensibilité aux belles choses que je ne soupçonnais pas mon cher époux !

- Croyez-vous à mon aveuglement ? Comment aurais-je pu alors, en vous rencontrant, abandonner mon regard ému sur cette sublime incarnation de Vénus dans son écrin que vous ne cessez d'être, jour après jour ?

- Il suffit ! dit-elle en riant et en minaudant. Pensez-vous me faire rougir ? Allons, montrez-moi d'autres dessins !

Bertrand de Fondeville rit à gorge déployée. Il tendit de nouveaux croquis.

- Voici l'un de mes bureaux, celui que je réserverai aux écritures de mes affaires.

- Je trouve ces nouveaux objets plus purs dans leurs formes. Ils me donnent le sentiment d'êtres plus confortables.

- Au diable ces grandes pièces froides destinées à l'apparat ! J'ai fait séparer et ajouter des cloisons afin que chacun ici trouve un lieu à lui, qu'il s'y sente bien, avec tout ce qu'il désire à sa portée.

Bertrand de Fondeville appartenait à cette catégorie d'hommes nouveaux soucieux de confort et de luxe mais refusant de vivre exclusivement dans la représentation. Les obligations de son rang portaient déjà suffisamment d'exigences pour les oublier lorsqu'il se réfugiait dans les lieux les plus intimes de sa demeure.

Une liasse fermée par un ruban attira l'attention de la belle et coquette Jaquette.

- Voici donc le projet de mon meuble de toilette ?

- J'ai demandé à un maître ébéniste de le dessiner dans diverses positions afin que vous puissiez vous rendre compte de ses qualités.

Jaquette étala les dessins sur la table.

- Voilà le meuble fermé.

- Sur lequel je poserai mon miroir !

- Non ma chère. Regardez l'image suivante. Le plateau est articulé. Il se soulève et à l'intérieur se trouve le miroir.

- La belle idée que voilà !

- Sur ce dessin, voyez les tiroirs ouverts, le petit plateau sur lequel vous disposerez vos pots à crèmes, à pommades, à onguents, ainsi que vos flacons de parfum en cristal.

- Quelle merveille !

- Ici, dans ce coin, un mécanisme secret vous permettra d'ouvrir le tiroir de vos plus beaux bijoux.

- Je brûle de découvrir cette ravisante table de toilette !

- Vous aurez ces meubles dans l'année. Je dois me rendre cette semaine à Toulouse pour nos affaires de laine. J'en profiterai pour passer commande.

- Vous êtes le plus exquis des chevaliers servants !

- Et le plus ardent des gentilshommes de nos montagnes ! sourit Bertrand l'œil vif en se penchant sur Jaquette pour déposer un doux baiser sur ses lèvres. Sa main entreprit alors d'explorer la soie de sa peau.

- Battez en retraite mon ami ! Nos affaires nous appellent. Mais bientôt le soleil se cachera derrière la montagne. Qui sait alors si mes défenses ne seront pas abaissées.

Elle quitta la pièce sur un petit rire tendre et complice.

Bertrand, tout sourire, repoussa les feuillets qui encombraient son bureau. Il soupira. Il se dirigea vers l'une des fenêtres à meneaux qui s'ouvrait vers l'ouest. Au loin, le village de Cierp s'étalait dans la plaine et commençait à monter à l'assaut de la montagne.

Il observa en contrebas son fils Pierre-Clair qui jouait avec sa gouvernante et un chiot virevoltant. Il songea soudain qu'il devait commander également les meubles pour la chambre de l'enfant. Il appela un valet et lui donna ses instructions.

Peu après, il était rejoint sur les marches du perron par le régisseur du domaine. Ils se mirent tous deux en selle et descendirent vers le village pour prendre la route de Saint-Béat en contrebas de la tour en ruine.

Bertrand ne dit mot. Dressé sur son cheval, les cheveux libres retenus par son seul tricorne, il croisa plusieurs paysans de la contrée qui le saluèrent avec respect. Aucun ne reçut de réponse. Son visage ferme regardait de l'avant, vers le lointain. Il semblait ne pas les avoir vus. Le nouveau régisseur resta en retrait de ce jeune seigneur de Marignac qui voulait certainement se faire craindre. Il lui fallait lui aussi prendre la mesure de la situation.

Ils passèrent devant le verger de Sacaze, près du château de Rap où le jeune procureur du Roi François de Bessan vaquait à ses affaires, armé de sa plume et de son encrier, prisonnier de son salon de travail et de ses dossiers, rares mais délicats.

15

6 mois plus tard,
le 11 novembre 1756
Saint-Béat

La foire de la Saint Martin battait son plein. Les camelots occupaient le moindre espace disponible. Un grand nombre de mules saturait la rue du Gravier. Plusieurs vendeurs se disputaient les clients espagnols.

Bertrand de Fondeville entra par la porte de France près de la chapelle Saint-Roch accompagné d'Isidore Delplan, son régisseur. Ils attachèrent leurs chevaux à un anneau scellé dans le mur de la première maison. Delplan fit un signe à un gamin en haillons. Le petit comprit. Il garderait les bêtes jusqu'au retour des cavaliers. Pour sûr, il mangerait aujourd'hui. Il sourit et s'assit contre le mur.

Bertrand et son régisseur entrèrent sous la halle. Ils se dirigèrent vers les marchands d'étoffe. Le seigneur de Fondeville cherchait un tissu qui serait ensuite brodé par une couturière en suivant le dessin précis choisi par son épouse. Il passa d'un étal à l'autre avant de jeter son dévolu sur une belle pièce qu'il fit dérouler. Il examina avec attention la qualité de la trame, sa tenue, sa couleur. Il convenait. La négociation commença. L'habile marchand visa très haut mais dut se rendre compte que le client était dur en affaires. On s'échangea des chiffres, des quantités dans la plus parfaite courtoisie. Bertrand de Fondeville se révélait intraitable. Il porta l'estocade.

- Venez Delplan. Rangez notre bourse. Nous ferons affaire plus loin.

Le prix dégringola alors d'un coup. On se mit d'accord sur la somme. Delplan précisa la dimension et exigea d'être livré le lendemain au château.

Les deux hommes sortirent de la halle de pierre. Ils passèrent devant la Maison des Consuls. L'un d'eux, au balcon, regardait avec satisfaction l'agitation de la rue. Les affaires allaient rapporter de précieuses taxes à la ville.

Il n'était plus temps d'attendre. Le Consul François Tarissan quitta le balcon et descendit dans la rue où l'attendait son escorte de quatre archers de la maréchaussée.

De Fondeville passa la porte d'Espagne qui marquait la limite sud de la cité royale. Sur l'esplanade, de nombreuses mules attachées, faisaient l'objet d'âpres négociations. Bertrand se rapprocha d'un troupeau gardé par deux de ses domestiques. Ils se courbèrent pour saluer leur maître.

- Alors mes braves ! Nos bêtes sont-elles réclamées ?

- Voici deux paysans de Bossost qui en mandent cinq, monseigneur.

- Faites diligence auprès d'eux mon bon Delplan.

- De bien belles mules que voilà !

Bertrand de Fondeville se retourna légèrement pour découvrir ce client qui s'annonçait avec force dans la voix et l'intonation. L'homme légèrement plus âgé que lui, le toisait, bien campé sur ses jambes courtes, robustes et arquées, les cheveux raides et gris cendre mais les sourcils noirs et broussailleux, le visage dur plaqué sans grâce sur une lourde tête brute, elle-même vissée sans cou sur un tronc massif, les bras croisés, le regard agressif.

- Je me nomme Gérard Martin, marchand de bois et de draps. Je suis en quête d'une bonne dizaine de mules.

- Faites votre choix ! dit Bertrand le regard détaché. Puis il appela son régisseur qui venait de clore avec bonheur une rapide négociation avec les Aranais.

- Delplan, veuillez faire agréable commerce avec ce sieur.

Puis, se tournant vers Martin :-

- Mon régisseur vous instruira de nos conditions.

- Morbleu, votre valet ! pesta Gérard. Comme vous y allez. Ne puis-je commercer avec vous ?

- Je n'ai guère de temps à vous accorder. Voyez les bêtes, discutez avec Delplan. Il me plaira d'en agréer les termes de votre accord s'ils me conviennent.

- Fichtre ! Voilà bien ce qui ressemble à une rebuffade. De quelle bénédiction divine vous réclamez-vous pour m'oser pareille effronterie ? Cuistre ! laissa tomber Gérard d'une voix blanche, sourde, s'échappant avec lourdeur et acidité d'une mâchoire crispée.

- Bertrand de Fondeville, seigneur de Marignac, pour vous servir.

Gérard fit brutalement le lien avec Saint-Mamet. Ainsi donc, ce jeune homme élancé au regard fier qui le méprisait n'était autre que le fils d'un noble très riche. Prudent par malice, Gérard adoucit d'un coup ses aspérités. La perspective de bonnes affaires pouvaient quelquefois dompter un ours furieux prenant alors un air ensommeillé.

- L'honneur est pour moi. J'ose gager que votre grandeur pardonnera les excès d'un homme de la montagne plus enclin à traiter avec des manants qu'avec une personne de si noble extraction.

- Que mon pardon vous agrée, répondit de Fondeville sans se départir de son attitude hautaine.

- Mes affaires sont florissantes, poursuivit Gérard. J'ai grand besoin de mules. Mais je subodore que votre désir de me les vendre reste bien faible.

- N'en croyez rien. Mon bon Delplan saura, j'en suis sûr, satisfaire à vos demandes. Sur ce, je vous laisse à vos discussions et vous retrouverai dans peu de temps.

Delplan s'approcha.

- Combien de bêtes mandez-vous ?

- Il suffit valet de ferme ! coupa Gérard qui regardait de Fondeville s'éloigner. Ne t'embarrasse point de paroles inutiles. Je n'entends pas m'entretenir avec toi. La foire regorge de marchands qui sauront me satisfaire.

Gérard Martin écarta brutalement le régisseur du bras pour traverser la foule et se rendre au plus près d'un autre enclos de mules.

- Que le diable m'emporte si j'oublie pareille humiliation, se dit-il avant de se lancer dans un marchandage. Il ne pouvait rentrer sans ses mules.

Le Consul Tarissan, encadré par ses archers en uniforme, vit Bertrand de Fondeville. Il s'approcha de lui.

- Il me plaît de vous trouver en notre foire, monsieur de Fondeville.

- Le plaisir est partagé mon cher Tarissan.

- Souffrez que je vous entretienne d'une épineuse question, susurra le Consul baissant le ton de sa voix pour être moins entendu des chalands.

De Fondeville se rapprocha tout en regardant l'agitation du marché.

- Il me vient aux oreilles, et à celle de mes confrères, que vous omettez régulièrement de vous acquitter de la taxe d'appontement lorsque vos gens conduisent vos mules au Val d'Aran.

- Mon cher Tarissan. Tout ceci me paraît bien excessif et relève de la basse calomnie. Je suis grand pourvoyeur de taxes. Peut-être même trop ! Mais ne soyons pas mesquins. Levons ce malentendu. Voyons-nous pour dénouer cet écheveau et nous accommoder d'un bon accord.

- Certes, mais accepterez-vous de vous laisser gouverner par nos règlements ?

- Lesquels contredisent les traités de lies et passeries

approuvés par nos ancêtres au Plan d'Arem ! Vous invoquez des lettres patentes pour me taxer au franchissement du pont, et même à vue si nous traversons à gué. Mais où sont-elles ces missives ?

- Vous savez bien que nos archives ont péri dans l'incendie de l'hôtel de ville.

- En conséquence de quoi, aucun acte de contrainte ne peut m'être opposé légalement ! La messe est dite, Tarissan mon ami...

Quelques paysans et marchands se rapprochèrent pour venir écouter cette conversation courtoise.

- Allons, allons, chuchota presque le Consul découvrant le début d'attroupement. Votre cause me semble douteuse. Mais il suffit pour le moment. Ne menons pas grand tapage dans la rue. Voyons-nous au plus vite.

- A la bonne heure ! Il me revient l'honneur de vous inviter à palabrer en ma demeure, au jour qu'il vous agréera. Vous y dégusterez un vin qui me vient d'un parent de Bordeaux.

Tarissan venait certainement de perdre l'avantage du terrain mais il ne pouvait repousser cette rencontre. Monsieur de Fondeville refusait adroitement de payer plusieurs taxes. L'assemblée des magistrats de la cité royale commençait à bouillir d'impatience.

Le Consul salua et poursuivit sa déambulation.

Bertrand de Fondeville revint vers son enclos pour, espérait-il, conclure la transaction avec le butor arrogant. Il ne trouva que Delplan, l'air tracassé.

- Puis-je me permettre de vous conseiller grande prudence avec ce bougre de Gérard Martin. Sa brutalité est connue de la vallée. Voilà un rustre qui ne s'embarrasse pas de manière pour conduire ses affaires. Il sait faire pleuvoir les horions en toute saison. On le dit, un jour de colère, capable d'homicider.

- N'ayez crainte Delplan. Nous sommes instruits de ces chiens hurleurs qui baissent les oreilles face à un solide bâton dressé. Ne changeons pas notre manière de commercer. A vous les tractations de départ, à moi la parole pour conclure. Cela nous réussit assez bien. Passons à cette délégation de paysans du Val d'Aran qui nous mandent.

Les hommes de la haute vallée de la Garonne se découvrirent respectueusement et entamèrent un dialogue avec Delplan. Depuis des lustres, les habitants des montagnes avaient conclu des accords d'échanges-libres et d'entraides entre les vallées du nord et du sud des Pyrénées. Ici, la circulation de marchandises était exempte de droits et taxes. L'enclave espagnole du Val d'Aran s'ouvrait au nord vers les plaines du Roi de France, le long de la Garonne naissante, mais restait barrée au sud par les hautes cimes des Pyrénées, aux cols souvent fermés par les neiges abondantes. Coupés de leur royaume d'Espagne, les foires de Saint-Béat représentaient leur seule possibilité d'obtenir des marchandises vitales. Chaque négociation se frappait du sceau brutal de cette réalité, de ce déséquilibre qui donnait avantage au marchand français.

Comme il le faisait chaque jour de foire, le Consul Tarissan menait son inspection. Paré du collier et des habits rouge et or de sa charge, il cheminait avec pompe, accompagné par quatre archers de la maréchaussée. Les deux premiers ouvraient le passage. Craints par les chalands, il leur était superflu de parler pour que s'écartent les paysans, les villageois, les marchands, les nombreux visiteurs et des coupeurs de bourses attirés par l'événement. Dans cette foule aux vêtements sombres, rehaussés par les capulets rouges des femmes, la couleur bleue lumineuse du justaucorps de l'uniforme des archers, avec leurs revers et parements rouge vif en bout de manche détonnait. Les quatre tricornes noirs bordés d'argent confortaient la solennité du cortège qui s'avançait lentement, d'un commerce à l'autre, d'un étal au suivant.

Le Consul Tarissan entra dans une auberge. Il s'entretint avec le maître des lieux pour vérifier que tout était en bon ordre.

- Aucun étranger suspect n'est venu demeurer sous ton enseigne ?

- Aucun François ! Aucun ! Dieu m'en garde, rassura l'aubergiste. N'est-ce pas ? poursuivit-il en interpellant du regard son épouse qui approuva d'un geste de la tête bien appuyé.

- A la bonne heure, conclut Tarissan. Allons investiguer sur le marché des mules.

L'inspection se poursuivit au pas assuré quoique ralenti d'un homme habitué à cet exercice et qui prenait plaisir à être vu dans sa ville marchant en habit de fonction, à la fois craint et admiré, du moins le pensait-il.

Mais à la fenêtre de sa maison du Gravier, cette rue qui courait du nord au sud de la cité, en parallèle à la Garonne, un notable observait la scène d'un autre oeil. Il pestait. Jean Boussac de la Coumère avait acheté la charge de Gouverneur Municipal. Sa fonction lui imposait de commander les troupes bourgeoises de la ville et de proclamer l'élection de ses Consuls. Habitant le village voisin de Chaum, l'homme avait élargi sa richesse par un adroit mariage. Il lui sembla opportun de pousser son avantage par l'achat d'une charge. Ainsi fut fait. Sa nouvelle condition, s'accompagna d'une irrépressible bouffée d'orgueil. Il s'imaginait marcher comme Tarissan entre les archers, être acclamé, admiré, craint.

Malheureusement, il dut se rendre à l'évidence. Cette charge achetée une petite fortune voici maintenant six ans lui rapportait peu et n'était pas pourvue d'un grand prestige. La déception se teintait d'amertume. Voir sous ses fenêtres le spectacle de ce Tarissan qu'il avait installé Consul ainsi pérorer en public l'insupportait au plus haut point. Son visage empourpré, ses yeux brillants en disaient long sur sa colère. N'en pouvant plus, il claqua vivement sa paume sur la croisée au risque de briser un carreau. Il s'assit derrière sa table de travail. Il saisit rageusement une plume et écrivit un court mot. Il l'agita nerveusement pour sécher l'encre. Il le plia sans application et fit tinter sa sonnette. Un valet entra sur l'instant.

- Tiens, délivre ce pli de toute urgence au Consul Tarissan qui se répand en odieux spectacle sur le marché.

- Bien monsieur le Gouverneur Municipal.

Le domestique fourra le mot dans sa poche et descendit l'escalier à la hâte. Il se faufila adroitement dans la foule pour rejoindre le cortège arrêté devant une paysanne qui vendait des œufs.

- Pardonnez monsieur le Consul.

Tarissan se retourna.

- Qu'y a-t-il ?

- Un pli pour vous, du gouverneur de la municipalité.

Tarissan déplia le papier pour le lire. Son visage s'empourpra.

- Le vil personnage ! Ce bougre veut encore ma perte !

Se tournant vers les archers.

- Suivez-moi dans cette auberge.

La troupe entra, salua. Le Consul obtint une plume et une feuille. En deux phrases, il expliqua que le gouverneur lui intimait l'ordre de cesser cette inspection. Tarissan demandait aux Consuls de s'assembler d'urgence. Il fallait délibérer et faire face à cette nouvelle attaque.

- Cours à la maison commune, dit-il à la fille de l'aubergiste. Donne ces deux plis.

Puis, à l'adresse des hommes de la maréchaussée.

- Allons nous enquérir du juste respect de nos règlements messieurs. Gageons que l'assemblement des Consuls saura donner rapidement son avis sur le nouveau tapage que prépare le sieur de la Coumère!

16

Une poignée de minutes plus tard, la plupart des représentants de la ville qui conversaient déjà dans la Maison Commune ou qui commerçaient sur la foire s'abouchaient. Chacun occupait son fauteuil.

La discussion s'engagea sans préambule.

- Cette nouvelle incursion du gouverneur sur le terrain de nos droits a le parfum puant de la forfaiture, proclama avec force un Consul grand et maigre comme un piquet.

- Tu as raison ! Demeurons maîtres chez nous ! prolongea dans un bâillement son voisin avachi dans son fauteuil.

- La besogne n'est déjà pas ordinaire avec les fraudeurs oublieux des taxes, avec les voleurs, avec quelques marchands peu scrupuleux, dit un autre.

- Soutenons Tarissan ! hurla presque un plus jeune en se levant.

- Oui, pour sûr, en foi du principe de notre indépendance, je souscris à cette opinion. Mais en qualité de Consul mandaté pour cette inspection, notre bon François est-il le mieux à même d'instruire notre défense ? interrogea d'un ton mesuré le Consul Barrié, médecin royal de la ville.

- La cause de son remplacement est douteuse, avança le plus âgé. Pas d'admonestation entre nous. Gardons-nous de la funeste division avant la bataille car méchante querelle nous allons devoir encore mener pour protéger nos droits. Il nous faut nous entretenir avec monsieur Boussac de la Coumère. Formons délégation pour entendre ses griefs !

- La tâche n'est pas aisée mon cher ami, dit le docteur

Barrié. Le sieur se comporte comme un coq orgueilleux.

Jean François Cailheau, en Juge Royal plein de retenue, prit la parole, imposant un silence dans les bavardages qui agitaient la salle commune.

- Mes amis, mes amis ! Calmons un instant nos ardeurs. On me rapporte en effet que depuis quelques temps, monsieur Boussac de la Coumère tente d'abuser de son pouvoir. Ignorez-vous que le bougre intrigue pour faire rétablir la charge de Capitaine Châtelain ?

- Le diable l'emporte ! pesta le plus jeune Consul toujours dressé et qui arpentait la salle commune visiblement échauffé.

- Et qu'il demande qu'elle lui soit octroyée ! compléta le juge.

- Fichtre, ce coquin voit loin.

- C'en est plus que mes oreilles ne peuvent ouïr. Volons au secours de notre ami Tarissan. Sa défense est la nôtre, mordieu !

Les arguments fusaient maintenant dans la salle surchauffée par le débat.

Dans la rue du Gravier, François Tarissan continuait à cheminer, s'arrêtant devant les étals des marchands de volaille, de paniers, d'outils, de bonneterie, de livres. Sa marche le conduisit à passer avec son escorte, sans provocation ni malice, sous les fenêtres de monsieur Boussac de la Coumère, le gouverneur courroucé.

Le bougre n'y tenant plus, ouvrit à nouveau sa croisée et se prêta à l'invective.

- Archers ! cria-t-il. Archers, entendez-moi que diable !

Mais la foule dense et les paroles généreuses couvraient ses appels. Il redoubla alors d'intensité.

- Archers ! Archers !

Cette fois, l'un des hommes de la maréchaussée leva la

tête et vit le gouverneur qui agitait ses bras, le visage rouge de rage, la perruque légèrement décentrée.

- Je crois que monsieur le gouverneur vous hèle, Consul Tarissan.

L'élu découvrit alors le spectacle de la gestuelle frénétique d'un homme se penchant dangereusement à sa fenêtre, au risque de basculer. Il s'arrêta, dit quelques mots pour qu'un silence lui permette d'entendre ce que lui voulait à nouveau le notable agité.

- Archers, saisissez-vous de la personne de ce Tarissan et amenez-le devant moi, ici même !

Les archers se regardèrent. Quelle demande étrange ! Ils se devaient de répondre de leurs actes devant les Consuls dont ils prenaient les ordres.

- Cela ne se peut monsieur le gouverneur. Je n'ai pas mandat d'interpeller celui qui m'oblige.

- La peste soit des soudards insoumis promis à la potence ! Traduisez Tarissan devant moi sur-le-champ ou je vous démets de vos fonctions ! Ma lettre au Sénéchal filera comme l'éclair. Votre sort est presque scellé.

Il claqua sa fenêtre.

Les archers se regardèrent. A qui obéir ?

- Allons, messieurs de la maréchaussée, continuons cette inspection, coupa François Tarissan en se retournant.

Mais inquiets des menaces de monsieur de la Coumère, ils saisirent le Consul par les épaules, sous ses protestations.

- Mais que faîtes-vous, archers ?

- Nous ne pouvons nous risquer à la désobéissance qui nous mènera à coup sûr au cachot !

- Mais vous me désobéissez aussi en vous prêtant à cette manigance !

Le Consul ne fut pas aussi persuasif que Boussac de la

Coumère.

Les archers poussèrent la porte de la maison du gouverneur et grimpèrent l'escalier jusqu'à l'étage. Dans la rue, la populace n'ayant rien saisi de la manœuvre, poursuivait ses activités de marchandages.

- J'ai là, dit le gouverneur d'une voix blanche de fureur, un pli des plus désobligeants à votre encontre, monsieur le Consul. On y décrit avec force détails de nombreuses malversations.

- Comment ! cria Tarissan indigné. Il ne se peut ! Cette langue de fiel n'est que pure perfidie pour me perdre.

- Il suffit. Veuillez, messieurs de la maréchaussée, conduire le sieur Tarissan en la prison de Taripé afin que nous puissions investiguer sur ces accusations.

Il se leva.

- Je proteste de la plus vive des manières ! cria Tarissan. Cette forfaiture signera votre perte !

- L'humidité de la tour saura calmer vos humeurs !

- Rendez-vous à la raison, monsieur le gouverneur ! Et craignez la foule qui va s'assembler ! Vous choisissez l'émeute comme gouvernement de la cité. Les bâtons seront brandis soyez-en sûr. Les mauvais coups sont à venir.

Monsieur de la Coumère n'écoutait plus. La vue du Consul encadré par les hommes de la maréchaussée suffisait à son bonheur.

- Archers ! Prenez les clés au geôlier ordinaire qui doit son poste à la décision des Consuls. Le risque est grand qu'à la nuit venue, la serrure de la tour s'ouvre et que notre homme s'envole pour le Val d'Aran. Confiez-là à un autre geôlier après vous être assuré de sa loyauté. Vous en répondrez sur votre tête tous les quatre !

Voici donc le cortège reformé dans la rue, mais avec

des archers tenant Tarissan par les bras.

- De grâce messieurs, s'agaça le Consul courroucé. Me croyez-vous en intention de fuir ?

A ce moment-là, Gérard Martin énervé de ne pouvoir digérer le mépris de Fondeville se trouva face à cette petite troupe.

- Monsieur le Consul, dit-il. Se peut-il qu'un marchand de la foire refuse de faire vente ?

- Ecarte-toi ! claqua l'un des archers troublé par cette nouvelle et délicate mission qui consistait à traverser une foule dense, pour l'heure ignorante de cet emprisonnement, mais pouvant s'avérer vite hostile.

- Approche donc jeune homme, dit Tarissan. Cours à la Maison Commune informer les Consuls de mon arrestation.

- Me donner un ordre à moi ! s'étonna Martin qui se rembrunit d'un coup.

- Souffrez de vous laisser gouverner un bref instant par un infortuné Consul sur lequel tombe une injuste décision. Tirez-moi de ce guêpier. Je ne serai pas ingrat si vous avertissiez mes collègues.

Gérard hésita, mais vit rapidement le profit qu'il pourrait tirer de la situation.

- J'y vais de ce pas !

Les archers intimèrent à Tarissan qui traînait les pieds, qui cherchait à discuter avec l'une et l'autre, l'ordre de hâter le pas vers la prison. L'émeute pouvait survenir s'il se mettait à hurler son infortune.

Gérard Martin fendit la foule. Du bas de la Maison Commune, il ne vit personne sur le balcon. Il monta l'escalier pour transmettre la nouvelle de l'arrestation.

A cet instant précis, les archers refermaient la lourde porte de la tour de Taripé sous les protestations de

Tarissan. Ils se postèrent devant l'ouverture.

- Chargeons nos mousquets et nos pistolets. On ne sait la réaction de ces bougres de la montagne.

Les archers se hâtèrent à la manœuvre.

La rumeur de l'arrestation du Consul se répandit comme incendie dans les broussailles sèches. La foule se tourna vers la maison consulaire et s'attroupa sous le balcon. L'agitation commençait à sourdre.

Deux Consuls en costume de leur charge sortirent dans la rue.

- Ecartez-vous ! dit l'un deux. Nous allons nous constituer prisonniers. Allons, rendons-nous à Taripé rejoindre notre ami Tarissan. La prison nous espère.

Les deux hommes fendirent lentement la foule pour tenter de traverser le Gravier saturé de curieux qui se questionnaient.

- Quelle est cette manœuvre ?

Gérard Martin bondit sur un tonneau.

- Peuple de Saint-Béat ! Voyez qu'on cherche à séquestrer nos Consuls !

- Qui se rend maître de cette forfaiture ? cria l'apothicaire ému.

- Le gouverneur municipal que diable ! hurla Martin. Le bougre veut faire main basse sur notre cité !

- Martin a raison ! cria un autre.

- Assemblons-nous sous ses fenêtres !

La foule commença à se déplacer, pendant que les deux Consuls demandaient aux archers d'ouvrir la porte de la prison pour les incarcérer.

- Nous n'avons aucun ordre pour cela, marmonna leur chef d'une voix peu assurée.

- Ouvrez que diable ! Nous sommes solidaires de notre ami Tarissan.

La foule se pressait maintenant devant la prison et devant la maison de Boussac de Coumère d'où montaient des quolibets.

- Faites sortir Tarissan ! cria un paysan en direction des archers et en brandissant son bâton. Il va vous en cuire !

Le ton montait dangereusement.

Gérard Martin saisit une pierre et la lança dans la croisée du gouverneur. Les vitres volèrent en éclats.

- A la Garonne ! A la Garonne ! Jetons-le à la Garonne ! hurlait maintenant la foule nerveuse.

On commençait aussi à se bousculer devant la prison.

- Reculez ! cria un archer. Nos mousquets sont chargés.

- Et nos poings solides comme des rochers ! hurla un homme. On va vous foutre à la Garonne comme des billes de bois !

Les gens commençaient à se saisir de pierres. Les bâtons se brandissaient, prolongement des poings fermés. Une modeste volée de cailloux d'avertissement fila en direction des fenêtres du gouverneur. L'émeute grondait. L'orage menaçait d'éclater comme au mois d'août quand les chaleurs surchargent les vallées. Sauf qu'aujourd'hui, la pluie serait grêle minérale.

Dans son bureau, monsieur de la Coumère s'était réfugié derrière un meuble. Il appela un valet qui glissa le long d'un mur pour le rejoindre. Une nouvelle fenêtre vola en éclat.

- Saisis-toi de mon encre, de ma plume et d'une feuille ! Vite !

Le valet rampa sur le parquet de bois jusqu'au centre de la pièce. Il se releva sous la table de travail pour s'emparer des objets demandés. Une pierre vint percuter et briser le miroir de la cheminée.

- Hâte-toi ! La peste soit des incapables, grommela le

gouverneur.

Par les fenêtres défoncées parvenaient les hurlements de la foule.

- A la Garonne ! A la Garonne ! Etripons-le !

Sur le sol, monsieur de Coumère rédigea à la hâte l'ordre de libérer le Consul Tarissan. Il le convoquait aussi devant sa porte, pour sa défense.

- Vite, porte ce pli aux archers.

Le valet saisit le papier, rampa jusqu'à la porte et dévala l'escalier. Il hésita à sortir par l'entrée principale. Il se rendit dans les communs. La domesticité, dans l'anxiété la plus totale, tenta de le dissuader de sortir.

- La foule va te houspiller ! Peut-être bien pire encore.

Mais l'homme, prenant son courage à deux mains, entrouvrit la petite porte utilisées pour les livraisons. Elle donnait sur une ruelle, en face de l'entrée de la chapelle des Pénitents Noirs. Il se faufila lestement.

- Par ici ! cria un homme qui venait de voir le valet.

Un groupe d'une quinzaine de personnes se mit à courir après le domestique apeuré qui prit les jambes à son cou pour remonter vers la rue Du-Dessus, tourner et filer vers Taripé. Mais il lui fallait retomber sur le Gravier pour prendre vers la porte d'Espagne. Le groupe de vociférateurs le rejoignit, l'entoura et fit un tintamarre qui provoqua un nouvel attroupement.

- Laissez-moi ! cria le valet. Je suis du peuple comme vous ! Je vais à la prison porter l'ordre de libération de Tarissan. Regardez, je tiens le pli ! Il leva bien haut son bras pour montrer la feuille de papier.

Un cri de joie monta de la populace chauffée à blanc.

- Qui nous le prouve ! dit Gérard Martin qui suivait de près les évènements.

Le valet lui tendit le papier. Gérard s'en saisit prestement.

- Ecoutez, vous autres !

Il se mit à lire le pli signé du gouverneur au grand plaisir sonore des attroupés.

- Suivez-moi jusqu'à Taripé !

Levant bien haut le papier, suivi des chalands de la foire, Martin se présenta devant les archers qui tenaient leur mousquet à la main.

- Tenez ! leur dit-il en tendant le document signé de la main du gouverneur qui élargissait le prisonnier.

Instruit de ces nouvelles injonctions, l'un des archers tourna la grosse clé ouvragée dans la serrure d'acier de la porte de la tour. Tarissan, le visage bouleversé par l'émotion, apparut sur le seuil, acclamé par la foule. Gérard se précipita vers lui.

- Mes manœuvres ont enfin abouti, Consul. Vous voilà libre.

- Merci Martin ! Je me souviendrai de ce jour. Accompagne-moi jusqu'à la Maison Commune.

Les deux hommes entourés des acteurs de ce charivari reprirent le Gravier.

Un peu en retrait, Bertrand de Fondeville n'avait rien perdu de la scène.

- Voilà un habile intrigant que ce Martin, se dit-il. Il retourna près de son enclos car déjà, la foule apaisée par l'heureux dénouement, reprenait son commerce.

17

La foire de la Saint Martin continuait à animer la cité. Gérard Martin se rendit à la Maison Commune. Les Consuls en émoi, sollicitaient son témoignage.

François Tarissan prit la parole.

- Nous t'avons fait mander, Martin, pour entendre ton récit de cette journée de grand tapage, bien peu propice aux affaires !

Un murmure d'approbation frémit dans la salle.

Gérard raconta, n'hésitant jamais à exagérer son rôle dans le basculement des évènements en faveur du Consul.

- Félicitons notre ami, dit Tarissan. Son intervention fut capitale pour retourner les bonnes gens du peuple en notre faveur.

Gérard Martin savourait. Il chercha les regards des Consuls. Il espérait leur adhésion à cette présentation des faits. Il obtint de timides hochements de tête. Cette assemblée, rodée aux intrigues de la cité, ne se laisserait pas séduire aussi facilement. Qu'importe. Il venait de naître dans la communauté des notables, des riches marchants, des Conseillers. La victoire se nichait dans cette reconnaissance forcée.

- Nous te remercions pour ce compte-rendu des évènements d'hier, Martin ! sembla vouloir conclure le plus âgé des Consuls.

Mais François Tarissan, n'ayant pas oublié sa frayeur de la veille, quand, enfermé dans la tour, il se vit la victime expiatoire d'un complot qui le dépassait, interpella à nouveau Gérard Martin, toujours fièrement dressé sur ses jambes.

- On me dit que tu commerces le bois et les draps !

- Je m'y essaie, Consul !

- Il se murmure également que tes affaires sont prospères !

- Avec bonheur, grâce à Dieu. Ma maison commence à grandir pour la gloire et la fortune de notre valeureuse cité.

Quelques sourires vinrent saluer la réplique. Ce Martin n'est pas sans malice, pensèrent plusieurs Consuls déjà en calcul du risque et de l'avantage de sa présence, de son apparition dans le jeu local.

- Tu es jeune, Martin. Tu es impétueux. Tu as du caractère et tu sais mener tes affaires. Tu deviens l'un des marchands avisés de cette cité. Malgré ton peu d'expérience et ta fougue, peut-être serait-il indiqué que tu te joignes à notre notabilité ? lança Tarissan en regardant du coin de l'œil les réactions discrètes, mesurée, prudentes de la salle.

- C'est grand honneur que me fait là votre assemblée !

Tarissan se retourna plus franchement vers les Consuls assis dans leur fauteuil. Le plus âgé, visiblement séduit par l'attitude de Gérard Martin qui se révélait plus calme et posé que la rumeur ne le colportait, fit un petit signe d'approbation des yeux.

- Avec ton accord, Martin, nous proposerons au prieur de t'inviter à rejoindre les fabriciens de l'église. Plusieurs d'entre nous en font partie. Ainsi, tu pourras participer aux affaires de la cité. Réfléchis et transmets-moi ta réponse au plus vite. Que la journée te soit favorable.

Gérard remercia, salua et descendit.

Dans la rue, son visage tendu ne pouvait cacher sa déception. Il fila vers le pont, le traversa et rentra chez lui.

Son frère Bernard comptait et enregistrait le nouvel arrivage d'étoffes.

- La peste soit des Consuls et de leur égoïsme !

- Que t'arrive-t-il ?

- Fabricien ! Ils me récompensent en m'envoyant dans l'assemblée des mous qui contrôlent recettes, dépenses et travaux de l'église ! Je n'ai que faire de jouer l'apprenti marguiller. Ça ne me rapportera pas le moindre louis. Mais peut-être veulent-ils m'endormir, ou me brider comme une mule à leur service. Baste !

De rage, il lança son couvre-chef au sol.

- Tout doux Gérard. Songe que cette charge n'est pas lourde et qu'elle te permettra de côtoyer les notables de la ville.

Martin arrêta ses déambulations et s'assit sur une méchante chaise de bois.

- Tu as raison. Va donc pour la Fabrique. Mais j'ai une meilleure idée. Soit toi-même fabricien à ma place. Tu sauras m'informer, m'inviter. Ainsi les coudées franches, je pourrais me concentrer sur nos affaires. Songe que je dois organiser la production et le transport du charbon de bois. Ce n'est pas tâche aisée car je dois viser le moindre coût et la meilleure ressource.

- Mais, moi-même…

- Il suffit. Je suis ton aîné et tu me dois obéissance ! Me suis-je déjà trompé sur la marche de nos activités ? Regarde cette maison. Bientôt, j'en construirai l'étage et on l'admirera chaque fois que la populace passera le pont pour se rendre à l'église.

Bernard se renfrogna. Inutile de parlementer. La sentence ne souffrait aucune contestation. Il serait fabricien de l'église.

18

Deux ans plus tard,
6 mai 1758
au-dessus de Bagnères-de-Luchon

Bernard Martin marchait à grands pas sur le chemin que ses manouvriers avaient tracé puis élargi dans la forêt. Quand il arriva dans la clairière, un homme finissait de maintenir un mât à la verticale, planté dans le sol. Déjà, deux autres s'approchaient, portant des bûches sèches dans leurs bras.

- L'affaire se présente-t-elle sous les meilleurs auspices ?

Pour sûr Martin !

On peut commencer à empiler ? demanda l'un des charbonniers.

- Allons-y. Le mât est solide.

Bernard observa les hommes qu'il avait choisis avec son frère pour leur talent dans l'art de charbonner. Ils appuyèrent une première bûche un peu inclinée contre la grande perche verticale, puis deux autres en face et sur le côté pour équilibrer. Ainsi, ils formèrent un cône de bois. Une deuxième couche de morceaux de bois vint épaissir cette construction. Puis une suivante, et une autre encore. Peu à peu, une véritable colline s'éleva. Les hommes entreprirent de jeter sur la butte de bois, des pelletées de terre qu'un autre aplatissait. Bernard observait plus qu'il ne surveillait. Il avait confiance en ses charbonniers. La meule de terre terminée, un des hommes grimpa sur son sommet, près du mat. Un espace resté ouvert lui permit d'introduire une belle brassée de branches sèches émaillée d'amadou qu'il enflamma avec son briquet à silex.

- Un bien beau fourneau se prépare là ! se dit Bernard. Allons voir si tout est en règle sur les autres meules.

Un court chemin de quelques pas le conduisit à une autre clairière. Un homme surveillait le tas de bûches très bien ordonné recouvert de terre. Une légère fumée suintait de ses flancs. Le bois se carbonisait lentement, à l'étouffé.

- Tout va bien ?

L'homme hocha la tête pour rassurer son maître.

Bernard ne s'attarda pas, d'autant que dans la clairière suivante, on démontait un four. Il se devait de contrôler la qualité du charbon. Son rude frère Gérard n'accepterait pas un travail mal fait.

Il s'approcha. La veille, les hommes avaient démonté l'assemblage. Refroidi, il n'était plus qu'un chaos de bois noirci. L'un deux brisait ces blocs fragiles avec un pic. Un autre les chargeait dans des sacs qu'un troisième nouait solidement avant de les entasser en bordure de clairière.

Bernard saisit un morceau. Il le soupesa et regarda sa taille. Il chercha à le briser et en mesura la résistance.

- Parfait !

En bordure de clairière, plusieurs mules et le conducteur attendaient leur chargement.

- Je redescends avec ton convoi de bêtes ! cria Bernard. Appelle-moi dès que tu as chargé.

L'autre ne se fit pas prier pour attacher les sacs sur les dos des bêtes de somme.

Bernard s'éloigna vers les autres meules pour terminer son inspection. Il se rendit à la cabane des charbonniers pour noter des chiffres sur le registre posé sur une petite table grossière. Bernard donna les dernières instructions et disparut avec la longue file des mules chargées.

La descente se fit sans encombre. Les bêtes connaissaient la moindre pierre du chemin.

Ils traversèrent Bagnères-de-Luchon et prirent la route du nord, celle qui suivait la pente de la Pique. De temps à autre, ils apercevaient un homme planté près de la rivière muni de sa raille. Il scrutait la descente des troncs d'arbres. Il se tenait prêt à aider la roule de bois à franchir l'obstacle d'un rocher avec cette perche terminée par un crochet de métal. Malheur si le fût se coinçait en travers, barrait le chemin des autres bois et formait un dangereux barrage difficile à détruire. Mieux valait jouer de prudence. De toute éternité, les bûcherons et les radeliers s'organisaient ainsi pour rendre chaque descente moins périlleuse, moins coûteuse, moins dévastatrice de cette veine d'eau nerveuse et vitale à la difficile survie des gens de montagne. Combien d'hommes et de jours de travail pour venir à bout d'un barrage ainsi provoqué seraient nécessaires ? Et pour quel coût ?

Bernard observait tout en marchant en fin de convoi.

Ils en croisèrent un autre qui remontait la vallée. Une dizaine de mules portaient des paquets recouverts de toile grossière. Par prudence, on se salua et personne ne s'aventura à demander la nature du transport. Une contrebande en plein jour pouvait déjouer les agents du Roi moins méfiants et plus enclins à surveiller les sentiers de montagne. Certes, la fin de la guerre avec l'Espagne avait enfin calmé les violences. Mais, des fusils passaient encore les frontières. Des marchandises les plus diverses cherchaient à éviter leur rencontre coûteuse avec les taxes toujours aussi lourdes.

La marche fut longue. Bernard regretta de ne pas être monté à cheval.

Le soir même, il traversa Marignac, passa par le défilé de Rié, puis devant le château de Rap. Arrivé à Saint-Béat, il franchit la porte de France, s'acquitta de la taxe auprès de l'homme de garde. Après la chapelle Saint Roch adossée au rocher, il traversa le pont de bois et se retrouva devant la maison de son frère. Des ouvriers descendaient du toit. Ils finissaient de couvrir la charpente d'un bel assemblage d'ardoises. Gérard apparut à la fenêtre du premier étage avec son fils cadet de quatre ans.

- Te voilà donc ! La qualité est-elle satisfaisante ?

- Assurément ! Voilà du bien beau charbon que je te livre.

- Décharge les mules dans l'entrepôt et conduis-les au pré ! rugit Gérard en direction du conducteur. Demain, tu les remonteras à Bagnères.

- Bien maître.

- Allez monte donc petit frère ! Viens admirer le nouvel étage, même s'il n'est pas encore aménagé.

19

1 an plus tard
6 mai 1759
Saint- Mamet et Bagnères-de-Luchon

Un valet apporta un pli que Bertrand de Fondeville décacheta et lut sans tarder.

- Père. Nous sommes tous deux invités à souper à Luchon par le nouvel Intendant.

- Que vient faire ici le représentant du Roi ? N'est-il point à son aise en sa tour de surveillance d'Auch ?

- Nous verrons bien.

Je ne puis répondre à cette sollicitation. Je dois me rendre une fois de plus à Juzet pour entendre les Consuls.

- Encore cette querelle avec la communauté de Montauban !

- Tout juste. Voilà des bougres qui se cherchent chicane depuis des années. Ils mandent ma médiation mais sont sourds à mes recommandations pour trouver apaisement.

- Encore de la besogne pour les avocats… et quelques émoluments dans leur escarcelle !

- Tu vois juste mon fils. Rends-toi à l'invitation de l'Intendant. Notre famille ne peut se dérober à la sollicitation d'un grand serviteur du Roi.

- Je dois avant cela rencontrer un gentilhomme qui loge dans une auberge de Bagnères-de-Luchon.

Bertrand salua son père avant de monter sur son cheval et s'éloigner du château de Saint-Mamet.

Au même moment, dans une ruelle de Bagnères-de-Luchon, la silhouette d'un homme frêle semblait chercher à passer inaperçue. S'il portait fièrement un bel habit de couleur claire, un tricorne de qualité vissé sur sa tête au port altier, le gentilhomme se fit discret lorsqu'il entra dans l'auberge. Le petit village planté en fond de vallée n'offrait pas grandes possibilités d'hébergement. Une chance encore qu'une chambre se fût libérée peu avant son arrivée. Il redoutait de devoir dormir chez l'habitant.

A peine arrivé dans l'auberge, peu après s'être installé dans sa chambrette, et avant même de découvrir la saveur modeste et roborative d'une soupe au lard, un valet fit irruption dans la grande salle commune. Après avoir parlé avec l'aubergiste, il s'approcha du seul gentilhomme attablé.

- Noble seigneur, je suis mandaté par messire l'Intendant d'Auch, représentant de sa majesté Louis le quinzième.

- Parle donc ! répliqua le gentilhomme un peu étonné.

Comment pouvait-on connaître sa présence ici ? Il l'avait exigée secrète. Ce Fondeville avait dû parler ! Le malandrin ! Pouvait-il désormais lui faire confiance ?

- Il vous invite à un souper.

- Mais je suis étranger. Mes pas me mènent de Toulouse pour une affaire de famille. Il ne peut donc me connaître.

- Votre rang ne saurait mentir. L'invitation vous concerne.

Le domestique expliqua qu'il parcourait tous les lieux d'hébergement à la recherche des nobles en visite. Monsieur d'Etigny, le nouvel Intendant du Roi donnait un souper et souhaitait inviter toute la noblesse présente dans la vallée. Il lui fallait entendre ceux qui comptaient en ces terres difficiles et leur dire aussi la parole du Roi.

Le gentilhomme se mit à douter. Etait-ce un stratagème pour le faire sortir et lui dérober sa bourse ? On racontait tant d'historiettes sordides sur ces montagnes qu'il se méfia. Il regarda l'aubergiste. Celui-ci lui fit un signe d'approbation. Sa maison avait bonne réputation, il ne se risquerait pas à la complicité de brigandage, à la faillite de son affaire, à la roue du bourreau.

- Repasse donc me chercher au moment du souper !

J'attends un sieur et ne peux donc te suivre sur l'instant.

Le valet salua et quitta la salle commune en quête d'autres nobles personnes à inviter.

Une poignée de minutes plus tard, la porte s'ouvrit à nouveau, mais cette fois sur Bertrand de Fondeville. Il se dirigea vers l'aubergiste, échangea quelques mots. Le tenancier lui montra d'un geste de la tête le gentilhomme attablé à l'écart. Bertrand saisit un pichet de vin et une timbale de fer blanc. Il traversa la salle. Il scruta le visage de l'homme qui leva les yeux et semblait l'observer de même. Bertrand de Fondeville glissa l'index dans la petite poche de son gilet. Il en extirpa un jeton de corne. Il salua l'homme attablé.

- Auriez-vous, monsieur, perdu ce petit objet que je viens de ramasser sur le sol ?

Bertrand de Fondeville posa la fine rondelle sur la table.

L'homme le fixa dans les yeux. Son visage maigre, taillé à grands coups secs offrait un regard perçant, celui d'une buse en chasse. Il mit la main sur l'objet et le fit glisser vers lui. Il le saisit pour l'examiner. Il vit une encoche taillée dans la corne. Un insignifiant sourire sembla vouloir s'échapper de ce visage tendu. L'homme fourra sa main dans sa poche et posa sur la table un semblable jeton.

- Vous devez faire erreur. J'ai déjà le mien.

Bertrand le saisit et l'examina pour constater pareille encoche.

- Il s'agit d'une erreur. Veuillez accepter mes excuses !

- Elles vous sont accordées monsieur ! dit l'homme.

Bertrand de Fondeville salua puis quitta l'auberge. Il longea la ruelle qui descendait vers l'église. Il récupéra son cheval et, le tenant par la bride, prit un chemin qui longeait des prairies. Il s'arrêta à l'entrée d'un bosquet d'arbre. Il laissa sa monture se régaler d'herbe tendre. Au loin, le clocher de Saint-Mamet donnait l'heure.

De Fondeville se retourna lorsqu'il entendit un bruit de pas sur le chemin caillouteux. On approchait. Il vérifia que son pistolet d'arçon était chargé et le glissa dans sa ceinture. Il se dissimula derrière un arbre, tenant sa monture de plus près tout en la rassurant. Le gentilhomme de l'auberge apparut. Bertrand sortit de sa cachette et s'avança vers lui.

- Bertrand de Fondeville, seigneur de Marignac pour vous servir monsieur !

- Nous dirons chevalier Invisible pour ce qui me concerne, répondit l'homme en fronçant les sourcils. L'affaire qui nous réunit ne peut souffrir trop de lumière.

- J'entends bien. Qu'il soit fait comme vous le souhaitez ! renvoya de Fondeville sèchement.

- Quand part votre prochain convoi de mules pour l'Aragon ?

- Dans une huitaine.

- M'assurez-vous sur votre tête la sécurité de ce passage ?

- J'en réponds ! Je suis un négociant honorablement connu. Personne ne saurait me nuire .

- A la bonne heure. Quelque machination de votre part me conduirait à envoyer en votre demeure, une troupe de spadassins habiles de la dague et du fusil. L'affaire est pour vous très profitable mais risquée.

- J'en mesure les enjeux, n'ayez crainte.

L'homme regarda à la ronde. Personne.

- La marchandise vous sera portée nuitamment en votre château de Marignac. Je ne veux rien savoir de votre cachette. Elle doit rester votre secret. Pour le retour, la poudre d'or doit se dissimuler dans les toisons de laine.

- Ceci est bien conforme à nos accords.

- Vous recevrez mon paiement à Toulouse. La grande ville permet mieux qu'ici de masquer nos tractations.

On échangea encore quelques informations. On se salua. Bertrand reprit le chemin en bordure de prairie pour rejoindre celui qui courait le long de la Pique vers le passage à gué, en direction de Saint-Mamet. Il n'emprunta pas cette voie et longea encore la rivière avant de bifurquer à dextre pour s'approcher des thermes. Il lui fallait perdre un peu de temps et revenir à Luchon pour assister au dîner de l'Intendant. Le gentilhomme au sévère visage retournait en flânant vers Bagnères. Arrivé près de l'église, il loua une monture et prit le chemin de Cierp pour sortir de la vallée. Il n'était pas question de dévoiler sa présence et encore moins son identité lors d'un repas avec l'Intendant.

20

Bertrand de Fondeville suivait le valet dans les ruelles qui commençaient à souffrir du début de la nuit. Les décrets sur l'éclairage public n'avaient pas encore voyagé jusqu'au fond de la vallée. Ou du moins, restaient-ils encore sagement sur le bureau des Consuls dans la Maison Commune. Que ferait ici un fanal ? Pourquoi chanter sur les toits l'identité des silhouettes qui se faufilaient nuitamment pour gagner les pentes de la montagne, sous les crêtes espagnoles ? On différait, on discutait à n'en plus finir, on ergotait sur la place et le nombre des lanternes à poser, sur le coût et l'entretien, pour laisser à l'obscurité son ancien pouvoir d'huiler les rouages des affaires pour éviter aussi des chicanes dont on savait la cause de départ, jamais la conclusion. Les rancunes mijotaient lentement, longuement, comme la soupe au lard presque oubliée sur les braises de fin de feu. Prudence donc. Bertrand suivit le lumignon du valet.

Derrière l'église, la rue des Capitouls se courbait pour vouloir la contourner. Elle venait de s'enrichir d'une belle et vaste maison qui marquait la limite entre le village et les prairies. Point de façade ostentatoire, de décorations sculptées, de larges fenêtres. La demeure se nichait sous un puissant toit d'ardoises à quatre pans. Les modestes fenêtres sur la rue masquaient celles qui, côté jardin, s'arrondissaient en leur arc de belle manière. Rude, austère et grave dans son enveloppe de pierre, la maison du premier Consul respirait la richesse à l'intérieur.

Mobilier raffiné, décoration à la mode, tout ici indiquait la réussite dans les affaires. Pour les agents de monsieur l'Intendant, la résidence du notable assurerait à leur maître confort et sécurité pour son premier séjour en ce lieu si éloigné de la grâce du monde.

Bertrand de Fondeville fut introduit par un valet en livrée bleue à rayures verticales sombres. On le conduisit dans la vaste salle à manger où une grande table avait été dressée avec raffinement. Une profusion de chandelles éclairait une assemblée qui rivalisait du luxe de ses toilettes. L'Intendant d'Etigny se tenait droit près d'un fauteuil vide. Bertrand vint le saluer avec la pompe et la gestuelle ample qui sied à l'honneur d'un grand serviteur du Roi. D'Etigny lui apparut en colosse d'une puissance phénoménale. Etait-ce la fonction du personnage, l'éclairage, ou l'homme possédait-il réellement la corpulence d'un puissant guerrier ?

Bertrand de Fondeville salua à la ronde et reçut en retour les gestes d'accueil des invités qu'il reconnut pour la plupart.

L'hôte invita à passer à table.

- Je dois vous remercier, monsieur le premier Consul pour cette journée de visite en votre bon village de Bagnères-de-Luchon.

- Tout l'honneur en revient aux sujets du Roi de ma modeste communauté sur laquelle vous avez daigné jeter votre indulgent regard, messire l'Intendant.

- Modeste ! Modeste ! Comme vous y allez monsieur le Consul. Je lis ici et là des gisements de richesses à venir ! Songez à vos sources bienfaitrices. Je me suis laissé dire qu'elles produisaient des effets surprenants sur des sujets malades.

- On ne peut nier que des visiteurs s'adonnent aux

bains pour leur plus grand bénéfice.

- Grâce à votre zèle, j'ai pu visiter ces installations, bien archaïques à mon goût. Oserais-je pour moi-même une telle promiscuité ? Me plonger ainsi dans un bain collectif n'est point à mon goût. Il faudrait améliorer tout cela. Je vais m'y employer, monsieur le Consul. Voyez avec mon secrétaire pour qu'il reçoive promptement les récits de malades guéris afin que je me fasse une philosophie plus précise de la question.

La table était silencieuse. Les nobles installés observaient. Qui était ce nouvel Intendant ? Un courtisan fraîchement arrivé distribuant aux quatre vents comme un semeur d'automne sa volée de paroles aussi promptes à séduire qu'à s'envoler ? Ecouter, mesurer, juger avant de s'engager…

L'Intendant adressa ses amabilités aux représentants des nobles familles de la vallée, sans oublier les visiteurs. Son secrétaire avait su se renseigner car les mots adroits firent mouche. Ici un remerciement pour un acte d'honneur, là une félicitation pour un investissement. D'Etigny gagnait la partie de la séduction mais chacun savait aussi qu'il préparait peut-être le terrain pour une attaque. Venait-il en adroit messager porteur des futurs attentats d'un fisc prédateur et vorace ? Une nouvelle taxe ? Une imposition supplémentaire ? L'envoi de troupes pour sécuriser la frontière ?

- Je vais utiliser au mieux les douze jours annuels de corvée que doit au Roi chaque membre des communautés, pour entamer un chantier d'importance.

Voilà ! L'artillerie se positionnait. Les premiers mets venaient à peine de décorer la table et les assiettes. Pour sûr, l'Intendant n'allait visiblement pas s'embarrasser de préliminaires. Les fourchettes commençaient à piquer nerveusement une belle viande de gibier. Les couteaux tranchaient avec force, libérant sucs et arômes.

- Voyez-vous messires, les voyageurs dont nous nous entretenions voici peu, qui viennent prendre les eaux en votre village de Bagnères-de-Luchon, se plaignent de la difficulté du voyage. Ils m'adressent des libelles enflammées. L'enfer accompagne tout sujet du Roi assez audacieux pour se risquer dans une telle aventure.

La remarque fit sourire plusieurs convives visiteurs de la vallée qui pouvaient en attester.

- Riez messieurs ! Riez, vous qui chevauchez à votre aise comme moi-même. Notre jeunesse et notre force nous servent de viatique. Mais songez donc aux souffreteux, aux vieillards affaiblis, aux femmes, aux enfants. Que de peine pour se rendre à vos sources !

L'assemblée oublia un temps son repas pour se pendre aux lèvres de l'Intendant.

- S'il plaît au Roi, nous allons ouvrir une route carrossable dans cette vallée. Nous la débuterons à Montréjeau et la conduirons jusqu'ici, à Luchon. Ainsi, la Cour elle-même pourra venir prendre les eaux.

- La Cour du Roi ! s'étonna un chevalier.

- L'époque est à la recherche d'autres manières de trouver le repos du corps. Trop de saignées épuisent. Prendre les eaux loin des pestilences n'est plus pour déplaire aux courageux qui osent l'aventure du voyage. Il est de mon devoir de fidèle serviteur du Roi de rendre plus facile l'accès à nos montagnes. Une belle route carrossable plaira à notre Cour, à votre commerce et à votre libre industrie mes seigneurs.

- Saluons votre sagesse messire l'Intendant, s'extasia presque le premier Consul de la communauté.

- Vous savez à quel point m'importe le bien-être des sujets du Roi.

- Le chantier sera considérable ! se réjouit un marquis poudré, à la figure sèche et au regard noir.

- Nous devrons veiller à ce que ces jours de corvée soient répartis de façon à ne point dégarnir les prés et les champs des bras qui doivent nourrir les villages. Trop de manœuvres peuvent les détourner de leur tâche vitale.

L'Intendant marqua une pause qui annonçait des paroles à bien entendre. L'assistance comprit sans mot dire. La première attaque n'avait pas bousculé la troupe attablée. Une route ?–Pourquoi pas ? Les marchandises viendraient plus facilement. Les louis et les sols accompagneraient le mouvement.

- De grâce, mes seigneurs, s'offusqua d'Etigny jouant alors l'air agacé d'un tragédien, ce qui surprit chez cet homme que tous percevaient maintenant comme une guerrier conquérant. Pour l'amour du Roi, veillez à ne point céder à ces demandes d'instruire vos braves paysans.

Le silence s'enrichit d'une pause dans les rares cliquetis des fourchettes.

- Ont-ils besoin de connaître les lettres pour faire lever leurs semailles, pour engranger leur récolte ? N'introduisons pas dans ces vallées le levain des futures révoltes. Nos gens des montagnes ont déjà le caractère aussi dur que les rochers.

Un rire général un peu forcé ponctua la remarque.

Monsieur d'Etigny profita alors de l'attention d'une assemblée en éveil, pour distiller le message d'une de ses marottes.

- Mes seigneurs, dit-il, marquant une nouvelle pause pour capter plus encore un auditoire déjà acquis, est-il nécessaire de faire de grands raisonnements pour prouver l'inutilité des régents d'école dans vos villages ? Il est certaines instructions qu'il ne convient pas de donner aux paysans. Voyez ces enfants de laboureurs, de bûcherons, et même de journaliers qui abandonnent leur village pour apprendre à écrire et même à lire le latin ! Les voilà dans le désir de sortir de leur état. Ainsi grossissent-ils la rivière des fainéants et des inutiles qui cherchent à entrer dans les bureaux, à devenir prêtres ou avocats.

Un murmure d'approbation flotta autour de la table et se mêla au doux fumet du gibier rôti qui patientait dans les assiettes.

- Voyez nos campagnes se dépouiller ainsi des bras qui se doivent aux travaux des champs pour satisfaire à la vanité de vos vallées. Dans l'exacte vérité, on se plaint dans presque tout mon pays qu'on ne trouve pas assez d'ouvriers !

D'Etigny se tut et prit un air courroucé. La charge de cavalerie avait cloué sur place la tablée. L'homme ne dissimulait pas son fort caractère et jouait de son autorité pour faire bouger les montagnes.

Le silence se fit vite de plomb. Il fallait intervenir, relever la tête, se remettre vite en selle. Question d'honneur et de stratégie.

Alors, ici, on se risqua à illustrer le propos de l'Intendant d'un exemple confortant son observation. Là on confirma. Peu à peu, chacun se prit à agrémenter les propos de d'Etigny de quelques anecdotes venant chercher l'approbation du puissant personnage.

- Les Jurats[4] et Consuls[5] peuvent bien protester et multiplier courriers et doléances, coupa l'Intendant, je supprime et supprimerai les gages que les communautés versent aux régents et aux maîtres d'école.

------

[4] *Jurat est un mot occitan qui désigne un magistrat municipal ayant prêté serment.*

[5] *Consul désigne ici un magistrat élu administrant une communauté issue du mouvement communal.*

La sentence tomba comme un avertissement et réinstalla un silence de cathédrale. Les valets n'osaient plus bouger.

- Voyez ces jeunes gens qui, sitôt instruits de nos lettres, ruinent leur village par l'argent qu'il faut leur fournir pour leur entretien dans les villes où ils étudient et se livrent au libertinage. De retour dans les vallées, les voilà pourvus du vain titre d'avocat dont ils usent pour faire souffler le vent mauvais de la chicane et de la protestation.

Un téméraire se permit alors d'intervenir.

- Faut-il donc, pour le bonheur du Roi et de son royaume, maintenir les obscurités de l'ignorance ? s'étonna le jeune et impétueux chevalier.

- Entendez-moi bien, messieurs. Il est naturel que les sujets qui ont de la fortune, qui possèdent des titres et sont en état de donner une éducation à leurs enfants cherchent à leur en procurer une, mais sur leurs propres deniers. Ils n'ont qu'à chercher des maîtres et les payer comme cela se pratique en ville. Inutile de faire peser ce poids sur la communauté. De même, pour la construction de la route qui nous occupe, nous veillerons à ne point trop dégarnir les champs en organisant au mieux les corvées.

La mesure reçut l'approbation générale. Chacun pensa cependant que la volonté manifeste du grand serviteur du Roi avait négligé le caractère frondeur des gens des vallées.

Le repas se poursuivit sur une tonalité moins grave. On parla chasse à l'ours et nouvelles de la Cour.

L'assemblée se dispersa tard dans la nuit. Chaque représentant d'une noble famille souhaita belle réussite à l'Intendant, l'assurant de son indéfectible soutien.

Bertrand de Fondeville rentra promptement au château de son père, à Saint-Mamet. Celui-ci l'attendait, ne pouvant se résoudre au sommeil avant de s'être fait conter cette rencontre.

- Certes, mon fils, je vous l'accorde cette route va drainer une populace de curieux et cela peut nuire à la discrétion de nos affaires. Redoublons de prudence et de malice.

- Mais nous pourrons également voiturer plus facilement nos toisons de laine vers Toulouse.

- Songeons aussi que ces transports, rapides et faciles peuvent ruiner les muletiers. Nous vendrons moins de bêtes dans la vallée.

- Gageons que nous saurons en commercer plus encore aux Espagnols !

21

1 an et 5 mois plus tard
matin du 18 octobre 1761
Bertren

Deux cavaliers filaient à bride abattue sur la nouvelle route royale. Ils traversèrent Bagiry sans prendre garde aux habitants qui vaquaient à leurs travaux. Enfin, ils arrivèrent au petit village de Bertren et mirent pied à terre devant une solide bâtisse pas très éloignée de l'église.

L'homme qui chevauchait en tête tendit la bride de sa monture au garçon d'une dizaine d'année qui l'accompagnait.

- Tu peux rentrer à Saint-Béat, Joseph.

Le petit ne se fit pas prier. Sans mot dire, il exécuta les ordres de son père et retourna vers le sud, ménageant sa monture cette fois. Malgré son jeune âge, l'enfant montrait déjà une belle assurance, minuscule bouchon perché sur son cheval.

L'homme longea une façade percée de quatre petites fenêtres aux arcs légèrement cintrés-pour venir devant la porte cochère grande ouverte. Il entra dans la cour, jeta un coup d'œil à la ronde. Quatre chevaux se désaltéraient à l'abreuvoir. Deux autres mangeaient leur ration d'avoine. Il ressortit vivement sur la route royale en maugréant. Il regarda vers le sud, et lâcha un juron. Il extirpa une belle montre en or du gousset de son gilet brodé avec soin.

- L'heure, c'est l'heure, que diable !

La silhouette massive entra à nouveau sous le porche.

- Antonin fichu gredin! Que fais-tu ? Tu dors ? Où est la voiture ?

Pas de réponse.

- Antonin, fieffé coquin ! Veux-tu goûter de mes poings ?

La porte de l'écurie s'ouvrit sur un postillon qui tenait

un cheval par le licol pour le conduire à l'abreuvoir.

- Le maître est à l'intérieur, bredouilla-t-il.

L'homme aux cheveux raides et gris, coiffé d'un élégant tricorne de belle facture mais enfoncé sans élégance sur une tête massive penchée en avant, poussa la porte du relais de Poste.

- Qui hurle ainsi dans ma maison ? tonna une voix dans la pénombre.

- Approche donc malandrin !

- Martin! Canaille de Martin ! C'est toi qui proteste ! Assieds-toi donc et goûte ce vin qui m'arrive de Bordeaux.

- Pas le temps Antonin. Que diable! Pourquoi donc la voiture n'est-elle pas encore là ?

- Regarde ta montre Martin !

Gérard grommela. Antonin avait raison. L'impatience le dominait.

- Dans mon relais de Poste, seule l'heure est mon maître, l'ami. Inutile de t'époumoner. Tu le sais Martin, la voiture circule de soleil à soleil. Elle ne va pas tarder.

- Baste !

Gérard Martin sortit furieux du relais, obligé de se soumettre aux rigueurs des horaires de la Poste du Roi.

Le maître des lieux reprit son livre de compte pour noter la quantité d'avoine qu'il venait de recevoir en complément de sa propre récolte bien insuffisante cette année. La saison n'avait pas été bonne. Heureusement, de plus en plus de voyageurs se rendaient à Bagnères-de-Luchon attirés par les eaux. Il s'en frottait les mains. Chaque jour, il louait cet Intendant Mégret d'Etigny qui avait retracé et amélioré la route royale depuis Montréjeau. Enfin élargie et carrossable !

Gérard Martin allait et venait. La prochaine fois, il se rendrait à Toulouse avec son propre cheval. Et tant pis si son dos avait à en souffrir.

Soudain, il entendit le son strident d'un cor, des cris et le galop sourd d'un attelage. La berline en provenance de Luchon approchait du relais. Le postillon qui chevauchait le cheval de droite fit encore claquer son fouet avant de crier et de ralentir son véhicule qui stoppa devant le relais de Poste. Au pas, il vira pour faire entrer la voiture dans la cour pavée. Pendant qu'il dénouait les attaches de sa lourde botte fixée au flanc de sa monture, trois jeunes hommes en uniforme de postillons sortirent en courant des écuries. Ils détachèrent avec dextérité les six chevaux qu'ils conduisirent à l'abreuvoir. Mais déjà, trois autres postillons s'occupaient des bêtes reposées et nourries qui allaient remplacer les précédentes. L'opération ne devait pas durer plus de cinq minutes. Autant dire que les gestes rodés s'enchaînaient en une chorégraphie sans hésitation.

Un postillon héla les voyageurs et les aida à hisser leurs bagages sur le toit et à l'arrière de la voiture. Gérard grimpa dans la berline sans se soucier le moins du monde des deux autres passagers qui eux aussi attendaient.

- En voilà un rustre !

Gérard se retourna et foudroya du regard une jeune fille qui rougit de son audace, baissa les yeux et s'installa sur la banquette très sagement de peur de provoquer un incident.

- Vas-tu enfin fermer cette portière ? hurla Gérard à l'un des postillons qui lançait un bagage à celui qui les attachait sur le toit.

Le jeune homme haussa les épaules.

- Tu oses une rébellion ! Cherches-tu une discorde sanglante ? Maudit soient les fainéants ! Approche manant ! Il va t'en cuire !

Le postillon continua à charger sans protester. Gérard se pencha à la fenêtre pour mieux lire la plaque de l'employé fixée à son bras gauche par une petite sangle de cuir. Le métal repoussé montrait les trois fleurs de lys, le nom du relais de Poste et le numéro de l'homme.

- Bertren, N° 8 ! Tu vas entendre parler de Martin de Saint-Béat numéro 8 !

- Soyez indulgent, tenta l'un des voyageurs d'âge mur qui avait entrepris de commencer la lecture de la dernière livraison du Mercure de France.

Gérard le foudroya de son regard d'acier.

- Intriguez en faveur de ce manant si cela vous agrée, monsieur le curieux. Mes affaires ne peuvent souffrir aucun retard !

- Morbleu ! Y-a-t-il grave péril en jeu ! La vie d'un quidam, ou son honneur sont-ils en danger pour justifier pareil trouble ?

- Baste ! Me provoquez-vous ?

- Pas le moins du monde mon ami. Mon seul désir est de saupoudrer une once de sagesse sur cette tempête bien dérisoire.

- Eh bien, tâchez donc d'appliquer vos sentences à vous-même en vous replongeant dans votre lecture ! Vous éviterez ainsi de recevoir un bien désagréable soufflet !

L'homme regarda fixement la largeur de la puissante main qui venait de s'ouvrir, jaugea la taille des doigts, puis replongea sagement dans sa lecture.

Gérard ferma sèchement la portière de la voiture, au moment précis où le postillon juché sur la monture attelée au brancard gauche fit claquer son fouet. Les six chevaux frais tirèrent simultanément la lourde berline de quatre roues, chargée de ses trois passagers et de leurs bagages.

La voiture prit rapidement de la vitesse. La nouvelle route, plus large et mieux aplanie que la précédente, offrait un bon roulage à la caisse, suspendue pour encaisser les chocs des roues cerclées d'acier sur le sol.

La jeune fille se hasarda à de timides commentaires sur les prairies, sur ces vignes en hauteur que l'on discernait suspendues entre les arbres.

- De beaux fruits sans conteste, ma chère enfant, mais un bien piètre vin… osa l'homme en levant les yeux de son journal.

- Je trouve enfin quelque confort dans cette voiture, dit-elle d'une petite voix douce.

- Si vous aviez connu les précédentes, voici encore deux ans… Les chaos vous rompaient les os. Cette nouvelle route est une bénédiction.

La jeune fille acquiesça.

- On dit, cher monsieur, qu'elle ne se fit pas sans troubles.

- Et l'on dit bien. Ces pyrénéens ne sont pas hommes à se laisser dominer. Ils exècrent les corvées, fussent-elle pour la gloire de notre bon Roi. Que de chicanes et de révoltes ces deux dernières années ! Savez-vous que l'Intendant d'Auch, un certain d'Etigny a dû envoyer la troupe. Les dragons du Roi ont été dépêchés pour mater ces malandrins.

- Une bande de fainéants, pas moins ! pesta Gérard se mêlant à la conversation. Ceux qui travaillent pour moi n'ont pas la couardise de se défiler ! Et si cette folie leur venait à l'esprit, j'irais moi-même les quérir dans leur propre village, et jusque sous le jupon de leur mère !

L'âpreté du propos, mais surtout la violence du ton imposa un silence religieux dans la diligence maintenant bercée par les grincements de la suspension enrichis des craquements de la caisse, le tout rehaussé du claquement rythmé des fers des chevaux sur la chaussée. L'homme replongea dans son Mercure de France et la jeune fille dans son observation du paysage qui offrait maintenant le château de Luscan, puis, bientôt, celui tout aussi majestueux de Barbazan. Surplombant la rivière, elle observa les radeaux qui se suivaient au milieu du courant, avec leurs carassaïres coiffés de bonnets.

La passerelle de bois de Gourdan fut l'occasion de s'étonner de cette foule qui s'activait autour de blocs de marbre. Certains déchargeaient les radeaux, mais d'autres semblaient les relier les uns aux autres pour former de longs trains. L'un d'eux passa sous la passerelle, guidé par une bonne dizaine de radeliers affairés aux périlleuses manœuvres. Elle voyait la fin du radeau, mais pas le premier tant la longueur de l'assemblage était considérable.

Une forte déclivité indiqua la pente d'accès à Montréjeau.

Gérard comptait en lui. Achat des arbres, transport par radeau, revente du bois de chauffe, des roules du modeste navire pour la charpente, des pièces de tissu transportées, et ce nouveau chargement de charbon à laisser à Saint-Martory. Les négociations sur le marché de Toulouse devraient réussir. Gérard Martin ne doutait pas un instant de son succès à venir. Tout lui réussissait, par ruse ou par force, qu'importe. Mensonges, séduction et menaces, il choisissait son arme en fonction de son interlocuteur. Les louis et les sols entraient, la maison grandissait, s'embellissait.

Au relais de Poste de Montréjeau, la jeune fille descendit. A sa place, montèrent un curé joufflu, un vieil homme agité de tics nerveux et un jeune anglais curieux du moindre spectacle. Chacun salua et répondit avec courtoisie. Seul Gérard resta impassible, le tricorne sur ses genoux, la tête engoncée dans ses épaules. L'anglais sortit de sa poche un petit carnet. Il entreprit de relire ses notes de voyage. Avec sa mine de plomb, il ajouta des renseignements qu'il enrichit d'un rapide croquis.

La conversation s'anima. On saluait, là encore, cette belle route royale vers Saint-Gaudens, et le spectacle de ces champs cultivés, de ces villages resserrés.

Les murs de la ville approchèrent. La voiture longea le couvent puis, passa le pont sur les fossés presque débordants d'une eau sale. Elle franchit la porte et se glissa au pas entre les façades de la rue royale. Elle dépassa la Collégiale, tourna à gauche sous les cris du postillon invectivant les passants qui encombraient la rue. Enfin, peu après le couvent, elle s'arrêta devant le relais de Poste. Les postillons s'agitèrent comme des guêpes énervées. Dételer les chevaux et les conduire à l'abreuvoir. Atteler le nouvel équipage.

Gérard sauta de la voiture. A grandes enjambées, il traversa la rue et s'engouffra dans l'auberge Lacroix. Un homme l'attendait, attablé. Ils se reconnurent d'un simple regard.

- Tu as le dessin ? lança Gérard sans saluer.

L'autre finissait sa timbale de vin.

- Allons, montre-moi ça sur le champ. Je n'ai pas que ça à faire moi !

Promptement, l'homme lui tendit une feuille de papier. Gérard jeta un œil.

- C'est bien cela. Je t'attends le mois prochain à Saint-Béat pour poser ces fers forgés, au prix convenu.

- Tope-là ! fit l'homme.

On se claqua les mains. Gérard fourra le papier dans son gilet.

- A *dichatz*[6] !

Il sortit à grand pas pour vite retrouver la voiture qui allait démarrer.

---

[6] *« A bientôt », ou « à plus tard ».*

Le postillon houspilla sa monture et le convoi s'ébranla vers le prochain relais de Poste sur la route de Toulouse, celui de Cazères.

A la sortie de Saint-Gaudens, la diligence se retrouva derrière une voiture à quatre roues tirée elle aussi par autant de chevaux. Pour une raison inconnue, son allure plus lente ralentit la diligence. Gérard se pencha à la portière.

- Allez postillon, que diable, dépasse cet escargot !

Le postillon se tourna vers la voiture.

- Le droit de la Poste m'en fait interdit !

- Un louis pour toi si tu le passes !

- …et la révocation en surplus ! Tudieu que la peste me dévore si je perds ainsi la tête !

- Deux louis alors ?

- …et la famine pour mes enfants ?

Le postillon n'écoutait plus. Il maîtrisait son équipage pour éviter l'accident.

Gérard se rassit en pestant, en soufflant. L'anglais, tout sourire, nota l'anecdote qui venait à merveille illustrer son sentiment sur la rudesse de caractère de ces intrépides peuples des montagnes Pyrénées.

22

Le voyage se déroula sans encombre. Pas assez rapide pour ce teigneux de Gérard Martin. Trop rapide pour l'artiste tout à ses découvertes, croquant en quelques traits paysages et constructions sur son carnet. A la bonne allure pour le curé en pâmoison devant les œuvres de son divin créateur.

L'ecclésiastique et l'anglais devisaient sur le ton courtois de la conversation raffinée. Etait-ce le ton mesuré ou la nature des propos, ou mille et une autres raisons qui troublaient Gérard, muré dans son silence ? Ses jambes s'agitaient en tremblements nerveux, et souvent, une parole entendue provoquait un profond soupir sonore qui proclamait sans le moindre doute son agacement. De temps à autre, il grommelait à voix basse, bien qu'il fût aisé tout de même de saisir quelques jurons aussi gras qu'une belle tranche de lard.

La diligence franchit les faubourgs et entra dans Toulouse. Elle ralentit son allure. Le postillon donna de la voix pour que les passants s'écartent. Passer, certes, mais ne pas écraser quelqu'un sous ses roues. Gérard Martin se pencha à la portière.

- Allez postillon ! Passe donc ! Maudits soient les endormis !

Le curé Pomian, regardant par l'autre portière, s'étonna.

- Voilà une foule bien inhabituelle !

Les rues de Toulouse s'encombraient souvent de charrettes regorgeant de marchandises, de passants, de visiteurs. Mais ce jour-là, il semblait que la ville grouillât plus que d'habitude, envahie d'une populace dense.

Bientôt, la berline fut stoppée. Impossible d'avancer.

- Que de monde ! s'exclama l'anglais. Que de monde si calme !

Dans la voiture, on se rendit compte en effet que la foule n'était point agitée comme pour une fête, ni nerveuse comme pour courir à ses affaires, ni surchauffée pour passer à l'émeute. Un calme, presque un recueillement irriguait des visages graves. Cet arrêt de la diligence mit Gérard Martin en fureur. Agacé, Il ouvrit brutalement la portière et descendit dans la rue.

- Postillon que diable ! Vas-tu enfin donner de ton fouet pour avancer !

- Vous déraisonnez monsieur ! Retournez à votre place ! La Poste n'écrase pas les sujets du Roi !

Gérard fulmina. Heureusement, il ne s'était muni que d'un seul bagage, un sac de cuir porté en bandoulière.

- Baste ! Je vous laisse là. Prenez racine !

Il oublia la portière ouverte et commença à se frayer un chemin dans la foule. Plus il avançait, plus elle se faisait dense, compacte, difficile à écarter. Chacun semblait partagé entre tristesse et colère rentrée. Des gestes d'énervement fusèrent quand Gérard écarta un quidam, puis un autre.

- Tout doux mon bon monsieur !

- Ecarte-toi donc ! Ne vois-tu donc mon empressement ?

A la faveur d'une large place plantée de solides tilleuls, il se jucha sur la margelle d'une fontaine. Il vit au loin les capuchons pointus de quatre pénitents blancs qui escortaient un cercueil.

- Qui donc est ainsi porté en terre pour attirer autant de monde ? Quel noble personnage attire autant de populace ?

- Se peut-il encore qu'un honnête sujet du Roi n'en

sache rien ? pesta un homme en le fixant méchamment. A moins qu'il ne soit pas un fervent catholique !

- Me prends-tu pour un hérétique ? lui renvoya Gérard. Approche que je te bouscule comme un prunier. Joignant le geste à la parole, il le saisit par le revers du gilet.

L'individu, surpris par l'attaque, battit en retraite. Il s'éloigna à grands pas sans se retourner et s'enfonça dans la foule compacte.

Gérard quêta l'information.

- Que se passe-t-il donc ici ?

L'homme aux lourdes besicles, fronça les sourcils, arrondit encore plus ses petits yeux de taupe, mais ne dit mot, cherchant à reconnaître cet importun qui l'interpellait rudement.

- Parles donc !

Le myope bredouilla.

- Ne sais-tu pas que toute la ville enterre le fils Calas !

- Et qui est ce gentilhomme ?

- Te moques-tu ou peut-être débarques-tu des îles ? Pourtant ta langue est la mienne ! Tu fais chanter les mots du pays comme moi.

- J'arrive de la montagne, de la cité royale de Saint-Béat.

- Heureux, toi qui ne viens pas de connaître le trouble de cet horrible drame.

- Dis-moi plus sur cet émoi qui saisit ta cité.

- Un père qui homicide son fils ! Peut-il exister plus grave offense à Dieu ?

Gérard se renfrogna. Le vieux bonhomme myope développa de longues explications.

- Le père Calas, un huguenot, ne voulait pas que son fils se convertisse. Il l'a étranglé !

Au nom prononcé, les personnes proches se mirent à

hurler.

- A mort Calas ! A mort les huguenots !

- Châtions ces hérétiques ! A mort !

La foule, jusque là silencieuse et grave, se mit au diapason de la haine.

- A mort ! A mort ! Calas à la roue ! Etripons l'hérétique !

Gérard Martin sentit que le climat devenait hostile. Les regards se firent durs, les bouches fielleuses.

- Regardez celui-là ! vociféra une femme en furie en le désignant. Il ne crie pas avec nous. Il serait huguenots que…

Gérard Martin se mit alors à hurler.

- A mort Calas ! Pendons-le !

- Pendons-le c'est ça !

La foule continua à s'époumoner dans la rue. Les cris percutaient les murs de brique des façades et montaient jusqu'aux fenêtres, jusqu'aux Toulousains qui se penchaient pour assister à la progression de la marée qui déferlait vers le centre de la cité. Gérard, emporté par le flot, agitait les bras et hurlait de sa voix dure et grave. Bientôt, il aperçut une ruelle. Il s'engouffra sans empressement et s'éloigna de la tourmente, croisant quelques jeunes hommes courant rejoindre le cortège enflammé.

- A mort Calas ! leur cria Gérard en s'éloignant.

Son pas s'accéléra. Pestant, il entra dans une auberge.

- La journée est perdue. Nous verrons demain.

Le lendemain, il marchait à grands pas dans les rues désormais plus calmes. Il visita plusieurs entrepôts, chemina vers la Garonne pour mieux inspecter les quais. Il interpella, discuta, négocia, nota à la mine de plomb sur son petit carnet noir, des noms, des prix, des quantités, les qualités demandées.

L'après-midi, enfin joyeux mais fourbu, il sautait dans

la diligence, direction Saint-Béat. Il se frotta les mains de satisfaction et se laissa choir sur la sévère banquette.

23

Mon cher ami, vous voilà dans une mauvaise posture, dit en souriant François de Cailheau, ci-devant Conseiller du Roi, magistrat royal en chef du Comminges pour les châtellenie de Frontignes, Sabarthès, Layrisse, Luchon et vallée d'Oueil, Juge de Fronsac. L'homme affable malgré sa charge portait sur ses jeunes épaules la garantie et l'autorité d'une justice royale ferme en ces vallées profondes et ses villages accrochés aux pentes de la montagne des Pyrénées.

- Qui sait, qui sait, lui répondit Bertrand de Fondeville en expédiant sa boule avec adresse.

Le petit clac indiqua que le choc s'était produit sur le billard. La partie devenait passionnante.

- Dieu seul sait qui gagnera ce matin... s'amusa Soulé de Bezin, le gras curé de Tuzaguet.

- Nos amis font preuve d'une adresse hors du commun ! sourit le jeune procureur François de Bessan.

Soudain, on entendit monter l'escalier avec énergie. Un homme d'âge respectable surgit dans la salle de jeu presque déserte à cette heure.

- Ah le soulagement qui est mien de vous trouver ici tous les deux, messires. Il salua avec courtoisie puis s'épongea le front ruisselant.

- Quel trouble vous anime donc ainsi ? s'étonna le juge perturbé dans sa partie.

- Un terrible battement dont ma communauté de Montauban vient d'être la malheureuse victime. L'attentat s'est doublé de crimes atroces !

- Comme vous y allez ! s'étonna le juge posant sa canne de billard. Suis-je par vous requis ? Dites-en plus !

- Je comptais pareillement venir voir messire de Fondeville pour solliciter son arbitrage. C'est heureux de le trouver ici. J'arrive du château de Marignac.

- Parlez mon ami, parlez, dit le juge approuvé d'un hochement de tête par le procureur.

- Hier, les villageois de Juzet se sont rendus dans la montagne. Ils ont dépassé les bornes pour couper des arbres de notre communauté.

- Encore une affaire pour notre Parlement de Toulouse qui ne ménage pas sa peine au service de nos tumultueux pyrénéens... sourit le jeune juge en direction de ses amis de Fondeville et Bessan de Rap.

Le seigneur de Marignac arbora un visage grave. Il se dit que sa mission de médiation allait devoir s'exercer, ce qui ne représentait jamais une entreprise facile.

- Il y a pire. Une délégation de notre commune est allé les rejoindre dans le dessein de trouver une entente, un accord, une paix et d'éviter l'irréparable, l'attentat contre nos arbres. Elle a été attaquée sauvagement. Plusieurs hommes sont sévèrement blessés par armes.

- Des armes ! Les coups de poings et les insultes ne suffisent plus, pesta le juge.

- Des fusils, des haches, des hallebardes, des baïonnettes. Les blessures sont graves, profondes. Ma communauté est au bord de la révolte.

- Filez donc à bride abattue calmer tout ce monde. J'alerte de ce pas mon huissier et je me rends sans délai dans votre village. Veuillez, mon cher Bertrand, m'excuser de ce contre-temps fâcheux qui va certainement bientôt vous requérir également dans vos talents de conciliateur.

Dès l'après-midi, dans la Maison Commune de

Montauban, le premier Consul demandait de dicter les témoignages.

La rumeur de la rixe se propagea dans les rues et ruelles de Saint-Béat. La justice du Roi se mettait en marche. Celle des villageois de la vallée également mais pas avec le même code.

24

18 jours plus tard,
7 mai 1762
Fos

Gérard Martin poussa brutalement la porte de l'auberge Tapie. Dans la salle sombre, plusieurs hommes assis sur des bancs se désaltéraient d'un méchant vin, seul breuvage accessible aux bourses plates.

- Allons mes braves ! Qui veut gagner quelques sols.

- Approche Martin de Saint-Béat ! Quelle est ta proposition ?

- Douze fioles[7] chargées de bois de chauffage pour Toulouse, et plusieurs ballots de toile aussi pour commencer.

- C'est bon pour nous !

- Vous coupez le bois de chauffage et les roules au Val d'Aran, au-dessus de Lès. Vous les faites flotter jusqu'ici, à l'entrée de Fos. Accarassez[8] les radeaux aux anneaux. A Saint-Béat, vous chargez les toiles. A Cierp, vous ajoutez des roules qui viennent de Juzet de Luchon par le ruisseau de la Pique. Et puis, routez tout jusqu'à Toulouse!

- Attention Martin. Pas question de s'arrêter à Montréjeau !

- Pourquoi diable ?

- A cause de ce Lassus-Duperron !

- Que vient faire le Subdélégué de l'Intendant dans notre transaction. Veux-tu monter ton prix, vile canaille ?

- Tout doux Martin si tu ne veux pas accarrasser toi-même les radeaux.

- Et pourquoi pas ?

- Ose donc te mettre contre les radeliers Martin et tu verras !

---

[7] *fiole: radeau*

[8] *Accarasser: rajouter et assembler de manière très serrée.*

- Me cherches-tu querelle ?

- Point du tout. Mais je te mets en garde. Mes amis sont au bord de la révolte. Du Perron nous oblige à faire halte au port de Montréjeau. Il ose nous imposer des marchandises jusqu'à Toulouse.

- Et même Bordeaux ! pesta un autre radelier au regard dur.

- Certains ne sont jamais rentrés au pays… grogna un autre. Détroussé par des malandrins, puis homicidés !

- Je connais ces histoires ! coupa Gérard. Avez-vous peur de gagner provision de pièces !

- Et de perdre la vie, plonger nos familles dans la misère !

- Pensez-vous survivre en gémissant ainsi ? Crois-tu que si j'étais demeuré dans le giron de mon père, je porterais aujourd'hui cet habit et ce tricorne ? Hé bien, gardez donc vos sales hardes et vos méchantes chemises qui râpent la peau ! Dormez dans vos prés à regarder les montagnes. Peut-être la pluie fera-t-elle tomber des Sols et des Louis dans vos escarcelles.

- Tu as beau jeu de parler ainsi, Martin. Tu es riche. Tu habites l'une des plus belles maisons de Saint-Béat. Tu as des fils qui te succèderont dans les affaires.

- J'ai travaillé dur pour gagner tout cela. Denier après denier. Et je vais encore grandir croyez-moi ! Alors, vous acceptez mon offre ou non !

- Si tu nous laisses libres de franchir Montréjeau sans encombre, nous sommes tes hommes.

- C'est d'accord. Passe me voir à Saint-Béat. Je t'indiquerai la place de la coupe de Lès.

25

Plus d'un mois plus tard,
le 26 juin 1762
Montréjeau

Pour le radelier, l'affaire se déroulait mieux que prévu. Recrutement aisé de ses hommes et départ rapide pour Lès. Là, ils avaient abattu les arbres, puis débardé les troncs pour les jeter dans la Garonne bien alimentée par la fonte des neiges. Flottage efficace jusqu'à Fos. Guidés sur la rive, les carassaïres les avaient attachés les uns aux autres. Le chargement du tas de bûches fut rapide. Les douze fioles, conduites avec adresse et courage avaient glissé dans le courant jusqu'au pont de Saint-Béat. L'embarquement du ballot de tissus achevé, le convoi fila vite vers Toulouse.

A la vue de Montréjeau, le marin de Garonne donna ses ordres.

- On ne répond pas aux officiers ! On regarde la rivière, ou ses pieds et on fonce.

Le premier radeau entra dans le port de Montréjeau.

- Stoppe ta fiole ici ! hurla l'officier à l'uniforme bleu.

Mais les hommes aux bonnets et aux gilets de laine s'agrippèrent à leur gaffe avec encore plus d'énergie pour ne pas perdre la force du courant.

- Stoppe te dis-je ! J'ai un chargement pour toi !

Mais les premiers radeaux du convoi passèrent sous la passerelle de bois.

L'officier hurla ! Il appela son collègue qui fit de même, en vain. Les fioles voguaient vers Saint-Gaudens, emportées par le courant.

- Maudits marins des montagnes ! Il va vous en cuire !

L'un des officiers courut vers un cheval. Il le détacha,

se hissa sur sa selle, et s'élança au galop sur la prairie qui longeait la Garonne. Ses hurlements n'y firent rien. Le convoi s'éloigna peu à peu vers la plaine. Le cavalier renonça devant un bosquet trop dense pour être traversé, trop étendu pour être contourné rapidement. Il fit chemin retour. Mais il ne se dirigea pas vers le port et fit route vers le château du seigneur de Gourdan, monsieur Lassus-Duperron dont les murs s'appuyaient sur les pentes de la montagne de son fief.

Arrivé devant la somptueuse demeure du maître des lieux, l'officier obtint d'un valet encre et papier pour rédiger son rapport d'incident. Il le déposa sur une petite table et fila au plus vite vers le port rejoindre son poste.

Monsieur le Subdélégué de l'Intendant terminait une déambulation bucolique dans son jardin aux buis taillés avec art, dans un style tout géométrique. Il prit congé de son épouse, traversa la cour pavée et entra dans le vaste vestibule du château. Un valet lui ouvrit la double porte de son cabinet de travail. Son secrétaire vint le rejoindre d'un pas agile. Après la courbette d'usage, il déposa des feuillets sur sa table. Lassus-Duperron examina les premiers écrits, et très vite, son visage s'empourpra.

- Encore des désobéissances !

- En voici d'autres ! Les rapports ont été rédigés hier, et avant-hier, et les jours précédents, lors de votre voyage à Auch. Le dernier a l'encre tout juste sèche.

- Monsieur l'Intendant d'Etigny ne peut supporter pareils affronts qui ruinent sa bonne administration. Je suis moi-même attaqué directement dans mon autorité. Il faut que cela cesse !

Lassus-Duperron saisit rageusement sa plume. Mots, phrases, ratures, reprises, feuilles froissées, jetées, nouvel écrit.

- Voilà. Faites imprimer et adresser mon avis aux Consuls et Jurats de chacune des communes de notre juridiction, jusqu'aux plus profondes des vallées. Insistez sur l'obligation de communication à tous les sujets du Roi. M'entendez-vous bien ?

Le ton du Subdélégué n'incita pas à la paresse. Le mot fut promptement transmis au courrier qui le porta à l'imprimeur de Montréjeau sans musarder en route. L'homme de l'art, connu pour la qualité de son travail, abandonna toutes ses tâches en cours pour répondre à l'injonction de Duperron.

- Maître, interpella l'apprenti, dois-je moi aussi cesser cette composition ?

- Assurément mon petit. Le service du Roi n'attend pas. Va donc chercher des feuilles de papier dans la remise.

Le maître imprimeur lisait déjà le manuscrit de Lassus-Duperron. Il déposa le texte sur une table. L'ouvrier en prit connaissance. Il prépara le cadre de composition. Les caractères de métal prirent place en lignes l'un après l'autre pour former mots et phrases. La planche de texte composée, l'apprenti put enfin l'encrer avec application. Du coin de l'œil, il tentait de saisir les expressions du visage du maître. Peu bavard, l'imprimeur pouvait le renvoyer, ou bientôt en faire un compagnon. Chaque tâche que l'apprenti menait à bien manifestait sa dextérité, sa rapidité, son application, sa capacité à le seconder plus tard. Rien ne devait être négligé. La composition d'une affiche pour monsieur le Subdélégué de l'Intendant représentait une belle opportunité de montrer son savoir-faire. Il virevoltait donc dans l'atelier mais sans nervosité.

La presse à bras écrasa enfin le papier fort sur l'écrit en relief encré. Peu à peu, l'atelier de l'imprimeur se remplit des feuilles en cours de séchage retenues par des pinces sur les fils tendus. La pièce se transforma vite en une forêt de mots noirs, purement dessinés sur de blanches peaux d'un papier souple mais fort.

26

3 jours plus tard,
le 29 juin 1762
Saint-Béat

Le messager, escorté d'une paire d'officiers en uniforme bleu, mit pied à terre devant la Maison Commune. Il grimpa les escaliers et remit au premier Consul Tarissan une grande feuille roulée.

- Vous devez informer tous les habitants de votre communauté, monsieur.

- Quelle est donc cette nouvelle injonction du Roi ?

- Les radeliers font bouillir le sang de monsieur le Subdélégué. Je vous laisse porter sa voix dans votre cité et vous salue. Ma tâche n'est point encore achevée quand l'urgence m'impose diligence. Je vous souhaite le bon jour monsieur.

Les fers des chevaux du messager et de son escorte armée résonnèrent dans la rue lorsque le Consul déroula l'affiche sur la grande table du conseil.

- Sacrebleu ! En voilà une sentence ! Il est à craindre le heurt de bien des passions en nos vallées.

Mais un ordre du Roi ne pouvait se contredire sans risque. Tarissan donna des instructions. Le cridaïre[9], convoqué illico, fut prié d'aller lire le texte dans tous les quartiers de la ville, dans les rues et jusqu'aux plus éloignés des faubourgs vers Marignac, vers Fos, vers Eup. En fin de journée, il put enfin clouer l'affiche sur la porte de la Maison Commune.

C'est d'ailleurs en passant devant que Gérard Martin, intrigué par l'attroupement et la vive discussion,

---

[9] *Crieur public*

s'approcha pour lire l'injonction.

- Qu'en penses-tu Martin ?

- Laisse-moi donc le temps d'aller jusqu'au bout !

- Lis pour nous alors ! Nous t'écoutons. Et parle fort !

- En doutes-tu ? Quel est ce coup d'aiguillon ? Veux-tu que je te frictionne les oreilles ?

Un silence tomba sur le petit groupe.

- Ecoutez, vous autres. Le sieur Lassus-Duperron, Subdélégué de Monsieur l'Intendant d'Etigny donne ordre aux Consuls d'enjoindre aux radeliers de s'arrêter à Montréjeau et de charger des pièces de bois. S'ils désobéissent, ils se verront condamnés à cinq livres d'amende et à la prison. C'est signé Lassus-Duperron, en date du vingt-six du mois de juin de l'année mille sept cent soixante-deux.

Une impétueuse colère explosa.

- Je suis radelier. Mon frère aussi ! Veut-il donc encore nous obliger à cette halte de Montréjeau ?

- Voilà qu'il veut nous soumettre à obligation comme il le fait actuellement aussi à Bagnères-de-Luchon et dans les villages de la vallée ! hurla un homme excédé. Mon frère et mes neveux ne peuvent plus aller aux champs à cause de cette maudite route. Faut qu'ils empierrent les trous, qu'ils renforcent les passerelles, qu'ils écartent des rochers ! Et tout ça pour que ces beaux messieurs puissent passer en carrosse ! Ne peuvent-ils marcher comme nous ?

- A la Garonne Lassus-Duperron ! A l'eau !

- Avertissons nos compagnons, ceux de Saint-Béat, ceux de Fos !

- Ceux de Cierp aussi !

- Et ceux de Fronsac, de Frontignan, d'Ore, de Bertren !

- A nos bâtons !

Chacun s'éloigna à grand pas en maugréant. Maudit Lassus-Duperron !

Quelques-uns se postèrent sur le pont de bois, en face de la maison Martin. Un radeau passa. La foule hurla. Les hommes firent signe aux radeliers de s'arrêter. Plus facile à proclamer qu'à exécuter ! La délicate manœuvre risquait de jeter la cargaison à l'eau. Mais face à tous ces bustes penchés au-dessus du muret qui bordait la Garonne, à ces bras agités en tous sens, les marins étonnés par ces troubles, plongèrent les gaffes dans le courant pour dévier leur embarcation vers la rive.

On les informa de l'injonction du Subdélégué. Emportés eux aussi par la colère, ils arrimèrent leur fiole à la rive. Sitôt à terre, ils rejoignirent le groupe qui se formait devant la halle. Alors vint un autre radeau, puis un troisième, et toute une cohorte qui s'immobilisa avec difficulté pour venir grossir la foule des carassaïres énervés.

De sa fenêtre, Gérard observait la scène. Mes affaires vont en pâtir ! se dit-il. Mais je ne puis m'aliéner la mauvaise humeur des radeliers.

Il descendit donc, passa le pont de bois et rejoignit le groupe d'une bonne centaine d'hommes en colère.

C'est encore peu ! se dit Gérard.

Informé du sujet par ses tractations commerciales, il mesurait à son juste poids l'importance de cette corporation de cinq à six cents hommes occupés dans sa vallée à couper le bois, à le débarder, à l'assembler en fioles, puis à le convoyer sur la Garonne.

- Cela peut représenter une petite armée… pensa-t-il, se rappelant les récits de son père sur les attaques des Miquelets à Bagnères-de-Luchon.

Colère, invectives, la jacquerie se mit à enfler en un vent mauvais.

- Arrêtons de convoyer ! cria un jeune.

- Oui ! Oublions notre besogne et retournons dans nos villages !

- Comment vas-tu faire manger ta famille ? osa un plus âgé à la mâchoire édentée qui eut du mal à terminer sa phrase vite couverte par des hurlements et des invectives.

- Tu penses que poursuivre la route jusqu'à Toulouse, et pire encore jusqu'à Bordeaux aidera les tiens ! Le bon dieu ne permet pas à tous de revenir ! As-tu déjà passé la lande de Landorthe de nuit ?

- Et la chaussée de Saint-Martory. Combien y ont péri, engloutis par les flots ?

Les lourds nuages gonflaient, menaçants. Les guêpes tourbillonnaient. La tempête montait.

Gérard haussa le ton.

- Ecoutez-moi vous tous !

Il dut s'y reprendre à plusieurs fois pour se faire entendre.

- Oubliez les injonctions de Duperron ! Que risquez-vous ? Va-t-il vous courir après en chaise à porteur ?

Un large rire franc et massif accompagna l'image.

- Qu'as-tu à y gagner encore Martin ? murmura un radelier au torse puissant mais à la prudence consommée.

- Rien. Et tu le sais bien !

Qu'importaient les finesses, les arrières-pensées, il fut décidé de passer outre les ordres de Lassus-Duperron et de ne point faire halte au port des marbres et des bois de Montréjeau.

- Aux radeaux, vous autres !

Dans une joyeuse bousculade, chacun vint se hisser sur son embarcation. Les fioles se détachèrent sous les vivats des marins restés sur les rives.

- A Montréjeau ! A Montréjeau !

La descente fut joyeuse et sérieuse. Le courant n'avait

aucun goût pour la mascarade. Une erreur se paierait comptant par la chute brutale dans l'un des rapides et par la noyade.

Le long convoi arriva enfin dans le port de Montréjeau. Persuadés du respect des ordres diffusés dans les villages, les officiers attendaient sur les rives pour faire charger des marchandises pour Toulouse. Quelle ne fut pas leur surprise lorsqu'ils virent les carassaïres retirer leur bonnet et saluer en riant et en singeant mille courbettes ironiques. Quelques cris et jurons en langue gasconne agrémentèrent un passage mémorable qui allait certainement se raconter en détail chez monsieur le Subdélégué Lassus-Duperron, puis chez son frère Monsieur de Lassus-Camon, le Contrôleur des Marbres du Roi, et probablement à Auch, chez l'Intendant, le sieur Mégret d'Etigny lui-même. L'incident remonterait-il jusqu'au gouverneur de Guyenne et Languedoc, le fameux maréchal duc de Richelieu, bien en Cour disait-on ?

- A coup sûr les soldats vont nous poursuivre sur la rive ! s'esclaffa un radelier moqueur et peu économe de gestes.

Effectivement, quatre cavaliers en uniforme se mirent en selle. Mais alors qu'ils allaient s'élancer dans la prairie, un des officiers les rejoignit, les fit stopper, et retourner au plus vite sur la passerelle qu'ils franchirent à pied, attachant leur monture à la première maison pour continuer à pied sur le chemin caillouteux qui menait à une masure plus isolée.

Au loin, emportés par les flots sauvages de la Garonne, les carassaïres multipliaient les gestes d'adieu vers la passerelle.

- Suivez-moi ! dit l'officier.

Un soldat à la mine grave gardait la petite porte. Il l'ouvrit devant l'officier.

- Prenez garde messieurs, le spectacle est inspiré du démon.

A l'horrible odeur s'invita la vision de deux corps, un homme et une femme baignant dans une mare de sang, le crâne largement ouvert.

Le désordre de la pauvre pièce indiquait qu'un voleur venait de se faire surprendre commettant son larcin. Il n'avait pas hésité à assassiner les occupants.

- Me voilà contraint d'annoncer deux mauvaises nouvelles le même jour à messire Duperron. Quel pays de sauvages !

27

5 mois plus tard,
le 3 novembre 1762
Bagnères-de-Luchon

Gérard Martin passa le quartier de Barcugnas sur son cheval. Il tourna dans une ruelle vers l'ouest, en face de l'église. Il attacha sa monture à l'anneau. On posait des ardoises sur le toit de l'auberge, en remplacement du chaume si apprécié des flammes gourmandes. Une grappe d'ouvriers sortit de l'antre sombre. Chaque homme récupéra une pelle appuyée contre le mur de pierre et s'éloigna vers le chemin qui conduisait aux thermes.

Gérard entra, commanda un vin frais et s'attabla.

- Que signifient toutes ses manœuvres sur la route. Encore des corvées ?

- Les ouvriers réparent la route qui porte les injures des neiges de cet hiver.

- Encore des bras en moins pour nos chantiers.

- On dit qu'une noble personne va venir prendre les eaux. Et avec elle, une petite assemblée va l'accompagner !

- Te voilà bien souriant l'aubergiste ! Tu mesures déjà le poids des pièces à récolter ?

- Si fait. Mais, je flaire l'orage à venir. Sais-tu que cette canaille d'Intendant d'Etigny a réuni hier des propriétaires pour les exproprier ! Il se saisit de leurs prairies ! En outre, les quelques sommes qu'ils recevront en retour seront honorées par la commune !

- Le malandrin !

- Il n'a pas tort lorsqu'il proclame que le petit chemin cailloutcux qui traverse la plaine jusqu'aux bains est malaisé. Les visiteurs se plaignent. Mais s'octroyer les terrains pour faire une vaste allée, voilà bien une chimère qui va faire donner la poudre.

- Nous verrons bien ! coupa Gérard qui déjà calculait s'il pouvait trouver bénéfice à cette entreprise.

Il paya son gobelet et s'éloigna à grands pas vers la sortie du village, versant sud, pour se rendre compte. Effectivement, on creusait, on empierrait, et l'on ménageait quatre rangées de trous le long de cette allée rectiligne.

- Pourquoi chamboulez-vous cette prairie ? demanda-t-il à un ouvrier à la mine sombre.

- L'ingénieur Cathérinot veut planter des tilleuls pour pouvoir cheminer à l'ombre du clos-fort aux bains.

- Du village aux baigneries ? En voilà une folie !

Gérard Martin observa un instant les ouvriers. Malgré la fatigue, ils n'arrêtaient pas de creuser, de déblayer avec leur pelle. Sitôt obtenu la bonne profondeur et le diamètre correct, un des paysans réquisitionnés apportait, d'un tombereau stationné à proximité, un petit tilleul qu'il plaçait dans le trou et qu'il tenait bien verticalement tant que la terre n'avait pas été replacée et légèrement tassée par d'adroits coups de sabots.

Le sieur Cathérinot mesurait, avec un de ses employés qui plantait des piquets, afin de respecter l'alignement de l'allée et l'écart entre les arbres.

Gérard se dirigea vers les thermes, marchant de son allure lourde sur le chemin caillouteux qui allait disparaître dans quelques jours, remplacé par cette allée naissante. Il passa devant le bâtiment, le contourna et s'enfila sur un sentier qui montait raide. Son chantier de charbon de bois à activer ne lui laissait pas le temps de musarder. Cette nuit, il dormirait dans la cabane des charbonniers.

28

Le lendemain,
le 4 novembre 1762
Bagnères-de-Luchon

La plaine déserte se nappait d'un léger voile de brouillard. Gérard Martin, fort pressé à son habitude, descendit le sentier à la course avant de se retrouver devant les thermes. Une petite faim le tenaillait et il se pressa pour se rendre à l'auberge. Avançant vers le village, une surprise le laissa sans voix. Les arbres plantés la veille, lors de son passage, étaient arrachés, ainsi que les piquets de marquage.

- Faire et défaire, en voilà un travail. Ils renoncent donc à leur chantier !

Il arriva près de l'église et visa la porte de l'auberge. Les lueurs des chandelles indiquaient que la maison s'éveillait. Il frappa de deux grands coups de poings puis entra sans attendre.

- Quelle est cette pantomime ? dit-il à l'aubergiste d'un ton rieur. On plante et on arrache !

- Que me contes-tu là, Martin ?

- Laisse faire ! Cela ne me regarde en rien. Donne-moi une belle tranche de lard et un pain.

Il s'installa près de la cheminée qui ronflait déjà. Les flammes léchaient une marmite qui exhalait un appétissant parfum de ragoût.

- Mon cheval est-il prêt ?

- J'appelle le gamin.

Gérard termina rapidement d'engloutir sa tranche de lard qu'il coupa en petits morceaux avec son couteau. Ses mâchoires puissantes de loup affamé déchiraient la viande séchée et salée.

Il replia son couteau, le fourra dans sa poche et sortit pour se rendre à l'écurie. Dans la rue, un groupe d'ouvriers courait vers le chantier. Beaucoup riaient mais quelques-uns pestaient.

Gérard Martin récupéra son cheval et se mit en selle. Sur le chantier, des cris et des disputes s'élevaient. Passa alors en courant devant lui, l'ingénieur Jean-Baptiste Cathérinot sans sa perruque et son commis tout débraillé. Gérard taquina légèrement le flan de sa monture pour s'approcher du tumulte.

- Une catastrophe ! Et monsieur l'Intendant qui arrive dans trois jours !

L'ingénieur se hissa sur le tombereau.

- Oyez vous autres ! dit-il d'une voix ferme mais chaleureuse. On nous a nuitamment arraché les arbres et les piquets ! Une méchante bande a dû opérer. Reprenons sans tarder la construction de l'allée et la plantation pour que vous puissiez au plus vite faire retour dans vos villages.

Chacun saisit ses outils et le chantier redémarra.

Gérard ne dit rien. Il tira sur le licol, tourna talon et se dirigea vers la route, direction Saint-Béat. Il ne se doutait pas que la nuit suivante, et la nuit d'après, les propriétaires expropriés allaient attendre les obscurités profondes pour détruire à nouveau le travail du jour.

29

Bertrand de Fondeville séjournait depuis la veille dans la demeure de son père à Saint-Mamet. La nuit, il avait organisé un discret départ de mules chargées de marchandises par la forêt, juste au-dessus du château.

Au matin, il devait rencontrer un gentilhomme pour traiter une affaire.

A Saint-Mamet, comme dans d'autres villages, les discussions tournaient autour de cette révolte de Luchonais spoliés de leurs droits sur ces terres par d'Etigny.

- J'espère qu'une rixe ne viendra pas trop perturber mes discussions. Nos laines ne peuvent souffrir une mauvaise trans-action.

Son cheval le porta rapidement dans la plaine qui séparait le village des baigneries. Il se rendit compte assez vite que la foule s'était assemblée.

Les piquets arrachés, brisés, jonchaient le sol au milieu des arbustes piétinés.

Soudain, trois cavaliers surgirent, venant du centre du village. Le groupe emprunta au pas les débuts de l'allée empierrée. Rapidement, les montures furent arrêtées par un monceau d'obstacles. Aux pierres disjointes et dispersées, se mêlaient des branches d'arbres, de frêles troncs et des piquets brisés. Le cavalier à fière allure, grand homme élégant d'une quarantaine d'année, dit quelques mots aux dragons qui l'escortaient. La foule se rapprocha d'eux, vociférant.

- Dehors les étrangers !

- Savez-vous à qui vous parlez ainsi, manants ? répliqua

avec force le noble cavalier.

- Voilà qu'il nous insulte ! On vient de nous voler nos prairies, messire. Faites-nous justice. Nos pâtures nourrissent nos fils et nos femmes !

- Mais vous serez payés pour ce désagrément !

- Et comment vous croire ! Qui êtes-vous donc pour nous parler ainsi ? L'herbe ne pousse pas sur une pièce, fût-elle en or. Mes brebis ne broutent pas des louis !

- Je suis votre Intendant ! Plaise au Roi que j'administre pour lui et pour sa gloire ce beau pays encore méchant et rugueux !

- Messire d'Etigny ! Vous êtes Mégret d'Etigny, notre bourreau, celui qui nous oblige à la corvée !

Sans pour autant répondre à un quelconque signal, les hommes en colère saisirent des pierres qui fusèrent vers les trois cavaliers. L'une des montures se cabra. Le dragon se redressa de justesse pour éviter la chute et pire encore. Les trois hommes firent demi-tour au galop vers le village.

A Burgalays, d'Etigny furieux donna l'ordre de ralentir le pas.

- Revenons à Montréjeau. Estafette, vous irez mander un escadron du quatrième régiment des Dragons stationné à Saint-Gaudens. Je le veux à Bagnères-de-Luchon dans la soirée.

Dans l'après-midi, la troupe entrait dans le village. Les soldats à l'uniforme bleu roi et au tricorne noir prirent position sur le chantier.

Son jeune capitaine sauta de son cheval et fit demander l'ingénieur. On le conduisit dans la maison du sieur Caubet, premier Consul, où il séjournait durant les travaux. Il fut introduit dans la grande salle du bas. Un valet monta à l'étage et revint avec Cathérinot.

- Alexis-Gaston de Siregand, chevalier d'Ercé et capitaine

au quatrième régiment de Dragons, ici sur réquisition de monsieur l'Intendant du Roi, pour vous servir.

Il salua avec la vigueur de ses vingt ans.

- Jean-Baptiste Cathérinot, ingénieur des Ponts et Chaussée de la Généralité d'Auch, votre serviteur capitaine.

- Asseyons-nous et présentez-moi la situation.

L'entretien fut courtois entre deux hommes s'écoutant. Cathérinot expliqua la révolte, les destructions, les jets de pierres, la montée de la violence. Très vite, l'échange devint aimable. En pyrénéen, le chevalier d'Ercé, comprenait la réaction des Luchonnais, même s'il ne pouvait l'accepter.

- Je vais disposer mes hommes de part et d'autre du chantier. L'uniforme saura calmer les ardeurs.

Le chevalier d'Ercé donna des ordres à son aide de camps. Moins d'une heure après cette entrevue, le dispositif s'installait et les ouvriers, rappelés, reprenaient leur travail sans enthousiasme. Que cette journée qui, à n'en pas douter, s'ancrerait durablement dans la mémoire des habitants de la vallée, s'achève enfin.

Le jeune noble discutait encore avec Cathérinot quand Bertrand de Fondeville entra dans la pièce. Il venait apporter un pli au Consul. Il le remit à l'un de ses secrétaires. Il salua les deux hommes attablés qui lui rendirent sa politesse. Il se présenta. Un échange d'amabilités courtoises se tissa. Le trio prit place assise pour échanger. Ils se découvrirent de communes ardeurs à conquérir qui des territoires, qui des géographies rugueuses, qui des affaires florissantes.

- Mes amis, dit Bertrand de Fondeville, votre compagnie m'est des plus agréables. La nuit ne va point tarder. Souffrez que je vous invite à souper au château de mon vieux père, à Saint-Mamet.

Tous acceptèrent et c'est d'excellente humeur que trois cavaliers s'éloignèrent de Bagnères-de-Luchon pour traverser la Pique et s'installer autour de la grande table des nobles de Fondeville.

Un petit détachement de Dragons reçut l'ordre formel de s'installer pour surveiller le chantier. La troupe et leur capitaine se devaient de stationner dans le village jusqu'à ce que l'allée atteignît les baigneries et que tous les tilleuls fussent plantés et tenus par des piquets.

A partir de ce jour, le sieur Cathérinot et le chevalier d'Ercé partagèrent la même table chez le Consul, tous les midis et tous les soirs, quelquefois rejoints par Bertrand de Fondeville. Les combats qui avaient agité l'Europe s'étaient éteints pour l'instant et d'Etigny pouvait donc compter sur un stationnement durable des troupes. Leur présence usa l'envie d'en découdre des habitants qui misaient sur un départ rapide des dragons pour reprendre les arrachages. Une franche camaraderie commença à tisser des liens d'amitié entre les trois jeunes hommes qui se retrouvaient dans des échanges d'idées. Le sieur Cathérinot avait le talent d'ouvrir puis d'arbitrer des discussions calmes mais profondes. Il ne coupait jamais la parole. Il parlait peu, mais juste. Surtout, il écoutait et les autres appréciaient tant d'être entendus, que progressivement, chacun se mit à adopter cette attitude sage qui permettait à la lumière de surgir de chaque sujet. Cathérinot ne pouvait se prévaloir d'aucun quartier de noblesse à l'instar de ses deux amis qui, pour autant, n'en tenaient aucun compte.

- Quelles sont les nouvelles de votre épouse Jeanne Thérèse et de votre fils demeuré à Saint-Gaudens ?

- Fort bien mes amis. Mon petit Jean Gaudens va sur ses trois ans !

- En ferez-vous un ingénieur comme vous ?

Alors, on devisa sur le monde qui changeait de l'importance et du rôle de la science au regard des croyances magiques bien ancrées dans les esprits, des inventions techniques, du besoin de disposer de futurs sujets du Roi qui sachent bâtir avec justesse et raison les prochaines splendeurs du royaume tout en atténuant les souffrances du peuple.

30

La foule s'amassait sur la route royale à l'entrée de la ville. Un régiment de dragons la maintenait à distance respectable. Le chevalier d'Ercé ne perdait rien de la scène, du haut de la ville.

Le carrosse attelé de six chevaux arriva enfin sous les vivats des habitants regroupés derrière les Consuls revêtus de la tenue qui sied à leur état. Depuis la porte de sa voiture, le duc de Richelieu agitait vigoureusement le bras pour les saluer. Il goûtait cet accueil, d'autant plus qu'il était informé des troubles de Bagnères-de-Luchon. Près de lui, l'évêque de Bazas et le marquis d'Aramon souriaient aussi, soulagés par le climat de cette arrivée. La Cour bruissait toujours de terribles récits dramatiques sur ces contrées sauvages qu'il fallait tout de même administrer pour la gloire du Roi.

Le carrosse se hissa lentement vers le haut de la ville, puis passa sous le porche pour entrer dans l'hôtel de Lassus fraîchement achevé. Les portes se refermèrent. La foule chanta encore les louanges du célèbre maréchal duc.

Monsieur de Lassus-Camon accueillit le maréchal comme s'il était le Roi en personne. Il avait convié son frère de Gourdan, ainsi que ses enfants et leurs époux et épouse. Monsieur le Contrôleur des Marbres du Roi savait recevoir les grands personnages du royaume. Il en profitait pour présenter sa famille, tresser des louanges et assoir ainsi son autorité. Assis à la droite du maréchal, il se plut à offrir de petits portraits riches d'anecdotes.

- Ma fille se prénomme Jacquette. Son époux Bertrand

de Fondeville, seigneur de Marignac, de Moustajon est un serviteur du Roi très avisé. Savez-vous monseigneur qu'il fait commerce avec adresse des mules si utiles pour les Espagnols, et des laines indispensables à notre industrie ?

Le Maréchal-Duc hocha la tête. Rodé à l'exercice du pourvoir, il savait laisser à penser qu'il écoutait son interlocuteur lui enfourner encore et encore des noms, des exploits, qualité que chaque déplacement rendait indispensable, mais qui l'obligeait à souffrir de bien indigestes récits. Il pensa aux baigneries et se délecta par avance de leur calme si souvent vanté par d'Etigny resté à Bagnères-de-Luchon pour préparer son arrivée.

Le repas offrit une table de gibier des montagnes. De Richelieu et ses invités ignoraient avec quel zèle le Subdélégué Lassus-Duperron avait écrit aux Consuls des villages pour les enjoindre de livrer les victuailles qui ornaient la table généreuse du Contrôleur des Marbres. On échangea avec retenue mais sans omettre un florilège de mots d'esprit. On rit beaucoup avant de regagner assez vite les appartements pour une nuit de repos bien méritée. Bertrand de Fondeville regardait, écoutait, mais ne disait que peu de mots. L'arrivée du maréchal duc en ses territoires entraînait déjà une petite Cour. Il en fréquentait ce soir un échantillon autour de cette vaste table. Un abbé qui lui sembla calculateur, des nobles dont il avait déjà oublié les noms, et surtout plusieurs officiers de sa maison militaire.

A Bagnères-de-Luchon, les dragons avaient pris leurs quartiers pour assurer la sécurité. Il lui faudrait redoubler de prudence. Des patrouilles seraient certainement envoyées vers les crêtes pour prévenir tout risque d'incursion de Miquelets.

31

Lorsque son carrosse franchit la lourde porte de l'hôtel de Lassus, le Maréchal-duc de Richelieu entendit à nouveau les cris de joie de la population rassemblée sur son parcours. Il fut acclamé dès le départ par les Consuls de la ville qui lui souhaitèrent un agréable voyage. A la sortie de la rue royale, il traversa la place. Sur le rebord de l'esplanade, on tira en son honneur, deux coups de petites pièces de canon.

Près du carrosse, se tenait monsieur de Lassus-Duperron.

- Avec les compliments de Monsieur le Contrôleur des Marbres du Roi, et de monsieur le marquis d'Astorg de Roqueplin, seigneur de Barbazan dont nous traverserons bientôt le domaine.

- Une prestigieuse famille… ajouta l'évêque de Bazas.

Le carrosse entama la descente vers Gourdan, escorté par des cavaliers de la maréchaussée, et par une compagnie de la milice de la ville. Il était midi et le voyage durerait huit bonnes heures.

Chevauchant près du carrosse, monsieur de Lassus-Duperron répondait avec grâce à toutes les questions d'un maréchal curieux du spectacle. Le premier fut celui de l'amoncellement de roules et de marbres du port de Gourdan, lorsqu'il franchit la passerelle.

- Les montagnes Pyrénées se montrent généreuses, mes amis. Voyez ses fruits et la besogne de tous ces sujets du Roi qui s'agitent ainsi.

Les radeliers qui filaient sous la passerelle firent l'économie de retirer leur bonnet et de saluer.

- Les bougres ! grommela Lassus-Duperron.

En excellent connaisseur de son territoire, il désignait au regard du duc les châteaux, les vues remarquables et agrémentait cette vision de quelques commentaires.

- Le château de Vidaussan en contre-bas de la route, propriété de noble Gémit de Luscan. Voyez le château de Barbazan de messire d'Astorg qui fit tirer sa canonnade en votre honneur. La Cathédrale de Saint-Bertrand. Les falaises du pic du Gar…

Puis, la vallée se resserra pour terminer le voyage vers Bagnères-de-Luchon. Les cavaliers de l'escorte parurent plus nerveux, plus attentifs, un petit groupe chevauchant bien avant pour prévenir tout risque d'embuscade. Le chevalier d'Ercé les conduisait avec force et courage.

Ils arrivèrent à Bagnères-de-Luchon vers huit heures du soir devant la maison du sieur Consul Caubet. Madame Rousse et tout le personnel de service étaient déjà installés depuis la veille. Le cuisinier avait pris ses quartiers et la petite Cour put enfin souper dans la grande salle.

- Avez-vous installé une table de travail ?

Le secrétaire présenta en quelques mots son organisation et celle des officiers de maison.

- C'est parfait. Je vais pouvoir enfin m'adonner dès demain aux charmes des bains.

- La nouvelle de votre séjour a soulevé une tempête de courriers, monseigneur. Nous recevons des montagnes de placets.

- Voyez les plus importants. Organisez un service du courrier. Je recevrai chaque jour de bonne grâce.

32

Régulièrement, le duc de Richelieu se rendait à pied aux bains, escorté de plusieurs officiers de sa maison. Il se plongeait dans les baignoires neuves remplies d'une eau très chaude qui apaisait ses douleurs.

Lassus-Duperron ne ménageait pas sa peine pour rendre le séjour des plus agréables, dans ce village loin du monde et qui se résumait à un groupement autour de son église, de maisons de pierre couvertes d'ardoises.

Conduisant avec ardeur des travaux de terrassement, des ouvriers avaient mis au jour des vestiges romains. Lassus-Duperron imposa silence et secret, puis que l'on fouillât près des thermes et qu'on l'avertît au plus tôt de toute découverte. Ainsi, il put adroitement inviter le duc de Richelieu à assister à une fouille et à la découverte, sous ses yeux, d'un petit autel votif attestant la présence romaine en ces lieux. Le maréchal en fut ravi. On parla longuement de ce passé glorieux lors des soupers qui réunissaient, comme chaque soir, la fine fleur de la noblesse locale. Bertrand de Fondeville y brillait, non qu'il fût un orateur emphatique comme l'époque se plaisait à en apprécier le goût, mais parce qu'au contraire, il savait narrer avec une économie de mots et une disette de lourdes métaphores, des anecdotes locales, des scènes de chasse dramatiques, des épopées cavalières sur les crêtes montagneuses.

- J'ai le désir impérieux de parcourir ce pays ! s'exclama le duc.

Les officiers de sa maison organisèrent nombre de déplacements en chaise à porteur, souvent sur d'improbables sentiers pour aller au plus près d'une chapelle en ruine, d'une généreuse cascade, d'un petit pic aérien.

La Cour qui suivait commença, après quelques craintes, à s'enticher de ces excursions. On réquisitionna de nouvelles chaises et des Luchonnais qui ne refusèrent pas d'empocher cette inattendue moisson de pièces d'un beau métal. La Cour attira des curieux, toujours avides de picorer les miettes oubliées, et nombre d'intrigants soucieux d'avancer des pions sur le terrain de leurs ambitions. Des habitants louèrent ici une chambre, là une écurie. Une petite pluie de sols et de louis vint arroser un bien aride pays.

Les visites prestigieuses commencèrent bientôt.

Monsieur le comte de Noé, qui avait vendu son domaine de Marignac à Bertrand de Fondeville, prétexta une rencontre avec se dernier pour pousser plus au sud et venir à Bagnères-de-Luchon.

- N'allez pas vous enfermer dans une méchante chambre d'un habitant du bourg, lui dit Bertrand. Venez-donc séjourner en votre ancienne demeure de Marignac. Vous y apprécierez mes aménagements.

- Je n'ai que peu séjourné au pied des montagnes de Rié mais j'accepte avec bonne grâce votre invitation. Vous me suivez à Luchon. Je vous présenterai des personnes qui comptent en Cour.

Il tint promesse.

Bertrand de Fondeville partagea le salon et les discussions avec le prince Camille de Rohan, avec le prince de Lambex, grand écuyer de France, et même avec un grand d'Espagne qu'il rencontra plus tard de façon discrète dans la demeure de Saint-Mamet. Avec le comte d'Aranda, il conclut ainsi des accords secrets pour l'échange de marchandises qui transiteraient nuitamment par les sentiers de montagne.

A Bagnères-de-Luchon, la princesse de Ligne fit sensation. Elle exigea de longues excursions en chaise vers la Cascade d'Enfer. Elle en parla avec ravissement. N'avait-elle pas respiré le souffle humide des entrailles de la terre ?

A sa suite, les demoiselles Charlotte et Joséphine de Lorraine voulurent elles aussi découvrir ce spectacle grandiose.

- Voilà qui rend si minuscule nos fontaines de Versailles ! rit Joséphine en aspergeant sa soeur.

Le duc de Maillé demanda à plusieurs solides gaillards de le guider à travers les sentiers et les rochers surplombant l'Hospice de France. Il entraîna à sa suite le duc de Mouchy.

La princesse de Brionne s'adonnait au bain avec passion et volupté. Les baignoires individuelles devinrent très fréquentées.

Madame de Pompadour arriva un soir. Elle venait de séjourner à l'hôtel de Lassus de Montréjeau. Elle toussait fort et la rumeur des vertus de Luchon l'avait convaincue de s'éloigner quelques jours des plans et des soucis de la construction du nouveau Trianon qui accaparait son énergie à l'excès. Une profonde fatigue l'accablait sans cesse. Elle pestait contre ces courants d'air froid de Versailles. La chaleur du midi, l'air de la montagne, la puissance de régénération de l'eau sauvage devaient lui apporter un réconfort. Le Roi lui avait conseillé ce voyage lointain. Elle le prépara avec ses gens.

- Veillez à emporter le vin de champagne et le chocolat nécessaires. Sans oublier la muscade.

Les Consuls, qui discutaient des affaires de la commune, ne pouvaient que constater ces visites qui se succédaient à un rythme soutenu. Comment loger et nourrir autant de nobles personnes ? Comment leur offrir le confort qui agrémentait d'ordinaire leur vie quotidienne ?

Ils perçurent l'intérêt de cette mode pour leur baignerie. Il ne fut plus question d'aller arracher ou scier les arbres de l'allée, au départ du prestigieux duc. Au contraire, il faudrait les protéger pour qu'ils attirent à nouveau la Cour.

- Mieux, dit l'un d'eux. Il faudrait en planter d'autres, ouvrir des auberges, offrir gîte et couvert…

On décida de convaincre les propriétaires expulsés. Ils avaient reçu une maigre somme pour dédommagement. On allait les enrichir pour faire taire les rancœurs. Echanger les cailloux et les coups contre la promesse de gains. Il y eut des hésitants mais ils furent convaincus, non sans difficulté, par les premiers intéressés.

Gérard Martin qui devait se transporter souvent à Luchon, observait ce manège à la recherche d'opportunités commerciales. Il profita de rencontres pour négocier de conséquentes ventes de tissus, de bois de chauffe, d'ameublement, de charbon. Sa fortune se mit à croître.

Mais le soir, après avoir signé des commandes dans une auberge, il voyait converger la noblesse locale vers la maison Caubet. Et la porte lui restait fermée. Il n'osa jamais la forcer par ruse. Que pouvait-il échanger avec ces nobles costumés, se déplaçant en chaise à porteurs comme s'ils n'avaient pas de jambes pour marcher ? Ses nouveaux habits brodés affichaient l'aisance, bien que portés sans élégance. Son allure trapue, son visage rustre avec ses cheveux gris et raides, sa puissante mâchoire et son éternel rictus le renvoyaient à son état de montagnard teigneux comme l'époque les voyait et les décrivait dans les lettres et les savoureux récits imprimés de voyageurs, livres qui se colportaient avec succès dans tout le royaume.

Heureux de remplir ses coffres, mais furieux d'être à l'écart, sa rage contre les nobles dans la lumière ne fit que s'incruster plus profondément encore dans son cœur.

33

Gérard Martin repoussa sur sa table le pli que l'on venait de lui apporter. Il se leva pour s'habiller chaudement.

- Je dois affréter une bonne vingtaine de fioles de bois pour Toulouse, dit-il à son épouse. Je marche sur Fos pour recruter des radeliers. Je serai de retour à la nuit tombante.

Il franchit le pont de bois pour longer le Gravier et passer la porte d'Espagne. Un malheureux hurlait de détresse par la petite fenêtre de la prison. La litière de paille ne devait point pouvoir le réchauffer. Gérard ne se retourna pas, allongeant le pas pour gagner le plus vite possible la sortie du village. Dans son écurie, il sella l'un de ses chevaux et fila au galop vers le sud, le long de la Garonne. Chemin faisant, il s'étonna de ne pas voir de radeaux. Le niveau de l'eau n'était pas très haut mais le courant assez fort n'interdisait pas la navigation.

Il dépassa le moulin. La scie dormait elle aussi. Etrange.

Il passa devant la maison de Donniez mais là encore, aucun homme ne s'affairait à assembler des radeaux. Il héla les hommes qu'il connaissait, en vain.

Une servante sortit de chez Donniez.

- Ils sont tous en corps assemblés chez Buc ! lui lança-t-elle en montrant le haut du village.

 Quelle est encore cette tourmente ?

Il aiguillonna sa monture pour lui donner le courage de grimper la rue en pente. Après plusieurs détours, il déboucha sur la place. Les radeliers discutaient. Il s'approcha. Ils protestaient.

Gérard descendit de sa monture et l'attacha à l'un des anneaux de fer forgé.

- Tu arrives quand il le faut, Martin de Saint-Béat, ronchonna un carassaïre.

Les autres se retournèrent. Les mâchoires se durcirent comme les regards. Gérard fit face. Sa tête enfoncée dans ses épaules dépassait à peine du col relevé de sa grande cape de laine. Sous ses cheveux gris cendre, les yeux brillaient d'une fureur contenue.

- Ces coquins ne veulent pas travailler. Ils vont chercher à me soutirer encore quelques sols de plus, pensa-t-il.

- Entrez-donc ! dit Buc en ouvrant la porte de sa maison.

Le gros de la troupe se mit à l'abri sous la grange à foin qui jouxtait l'habitation. Elle était trop petite pour contenir la bonne cinquantaine d'hommes.

Deux hommes à cheval arrivèrent alors sur la place. Ils descendirent lentement. Le notaire Montané et son jeune clerc s'engouffrèrent dans la maison de Buc qui les installa à sa grande table.

- Sieur notaire, vous allez bien noter nos doléances ! dit Buc en lui tendant un encrier et une plume.

Montané ouvrit sa sacoche de cuir et sortit des feuillets. On l'installa sur la plus belle chaise de rotin et le clerc s'assit sur le banc, lui aussi muni de papier et d'une mine de plomb.

- Que se passe-t-il donc ici ? demanda le notaire.

- Nous sommes à bout, usés, fatigués et malades des conditions que l'on nous fait ! répondit Buc.

- Dis-lui qu'on n'est pas assez payé pour ce labeur ! coupa l'un des radeliers approuvé par les commentaires nerveux du groupe qui se pressait autour de la table.

- C'est pas assez pour voiturer ce bois sur la Garonne !

- L'hiver, on peut tomber dans l'eau, se noyer, dans les

coudes de la rivière !

- Le trop grand support des froids nous procure des maladies jusqu'à extinction de vie !

- Que demandez-vous donc ? s'inquiéta maître Montané.

- Que pour chaque affoucade[10] venant de la vallée d'Aran, rendue à Fos ou à Saint-Béat, sera payé 20 sols lors de l'arrivée au port de chaque propriétaire !

- Et 50 sols pour chaque fiole de deux affoucades ! précisa Buc.

- Je vais noter tout cela et le porter de ce pas au Subdélégué Lassus en sa demeure de Gourdan. Je doute qu'il agrée votre demande avec grand transport de joie !

- Qu'il entende alors nos pierres sur sa caboche ! hurla un radelier déclenchant rires et approbations.

Sur la place, Gérard Martin affichait la mine des mauvais jours. Il s'arrangeait toujours pour trouver un prétexte à ne pas payer ce qu'il avait promis, à différer, à menacer de ne plus engager le radeleur récalcitrant. Mais si Lassus-Duperron prenait décret, ç'en était fait d'une partie de ses bénéfices.

Son retour à Saint-Béat se fit à bride abattue, non qu'il fût pressé mais parce que la colère le fit piquer les flancs de sa monture plus que de raison.

---

[10] *radeau*

34

La diligence s'immobilisa devant le relais dans un concert de grincements. Gérard Martin ouvrit sa portière et descendit pour se dégourdir les jambes.

- Viens donc ! dit-il à l'adresse de son fils. Viens donc Joseph.

L'aîné des Martin sauta du marchepied avec adresse. Il regarda à la ronde. Une foule se pressait dans la rue. Il regarda les montagnes qui se découpaient au loin dans le ciel bleu et pur. Une tristesse l'envahit mais il ne voulut pas la trahir, surtout devant son père. Qu'allait-il trouver dans cette abbaye-école de Sorèze qui venait tout juste de devenir Ecole Royale Militaire ?

Son père avait pourtant été des plus clairs.

- Je t'envoie étudier à l'Est de Toulouse, dans une école réputée tenue par Don Victor de Fougéras. On le dit adroit pour apprendre tout ce qu'il te faudra pour me seconder dans nos affaires. Les meilleurs marchands y envoient leurs fils !

On ne discutait pas les ordres de son père. Il abandonnait son petit frère de quatre ans. Bernard, malgré son jeune âge, montrait déjà du caractère et une solide énergie. Il poursuivait les chats en criant avec un petit bâton : gare au matou qui s'abandonnait trop près de lui. Un chasseur naissait à l'ombre des falaises de Saint-Béat. Son aîné aimait à le taquiner, et faire semblant de se battre avec lui. A la maison, on surnommait ce petit diable Martin fils Cadet, pour ne pas le confondre avec son oncle.

Joseph pensa aux vacances de l'été à venir. Il lui

apprendrait à pêcher dans la Garonne, depuis le pont, ou au bord des prairies de Rap. Mais avant ça, il faudrait affronter l'hiver et le froid du pensionnat de l'abbaye. A Saint-Béat, aucun des grands frères de ses camarades n'avait supporté pareille épreuve, mais il en avait parlé avec son oncle lors d'une de ses visites à Luchon pour transporter du charbon. Le fils d'un commerçant en affaire avec les Martin rentrait de Sorèze. Il en profita pour le questionner.

- Le latin ! Ah le latin ! Prépare tes doigts si tu oublies les leçons des Frères !

- Peuvent-ils me frapper !

- Ils ne s'en privent pas. Quelques coups de règle sur le bout des doigts, ou alors à genoux pendant une bonne heure.

Joseph, inquiet, le questionna sur l'enseignement.

- Tu vas apprendre les noms des montagnes, des fleuves, des rivières, des villes, les grandes routes avec des peintures sur papier où tout est écrit. Et puis l'histoire aussi, nos héros, les exploits de notre bon Roi et de ses princes et seigneurs. C'est aussi beau que le catéchisme. Tu vas savoir calculer. C'est important pour un marchand. Tu vas lire beaucoup de livres sur les industries, les façons de fabriquer. Et l'Agenda Royal ! Quelle liste de noms...

Il ne semblait plus vouloir s'arrêter dans l'énumération des secrets qu'il avait découverts et qui allaient maintenant se livrer à Joseph.

Puis, il raconta les bêtises nocturnes dans les vastes dortoirs humides et froids, les repas au grand réfectoire, les messes. Le rire acheva cette conversation.

- Allez Joseph, monte dans la voiture ! coupa Gérard d'une bourrade dans le dos.

Le petit Martin grimpa et se laissa choir sur la banquette.

Il referma la porte.

Le coup de fouet et le cri du postillon accompagnèrent les premiers soubresauts de la berline.

- Regarde mon fils ! dit Gérard en montrant un homme à l'élégante perruque qui marchait près de la voiture puis bifurqua vers la rue qui conduisait à la Collégiale.

- Cet homme-là est ingénieur. Il construit des routes. Il a même fait planter les tilleuls des allées de Bagnères-de-Luchon.

Joseph se pencha à la portière pour mieux voir.

- Peut-être que Sorèze te donnera autant de savoir qu'à ce Cathérinot ! Nos affaires n'en seront que plus florissantes !

La voiture s'éloigna lentement. Le postillon manoeuvra avec agilité dans cette foule. Mais passé le palais de l'Evêque et le Séminaire, il accéléra pour filer vers la lande de Landorthe, puis vers le nord.

Cathérinot se dirigeait d'un pas nonchalant vers sa demeure. Sitôt installé à sa table de travail, il entreprit de lire les derniers rapports sur les chantiers de routes à refaire entre les villages. Monsieur d'Ustou de Sainte Gème décrivait par le détail l'avancée des travaux entre Sauveterre et Labarthe de Rivière. Son beau-père, le sieur Villa de Gariscan décrivait quant à lui ceux de Saint-Gaudens à Miramont, ceux d'Ardiège, de Barbazan. Tout semblait se dérouler normalement, sans trop de jacqueries à cause des corvées imposées aux communautés villageoises. Il fallait que les charrettes pussent mieux circuler sur ces routes souvent embourbées. Même si l'Intendant d'Etigny, en disgrâce, avait rejoint son fief après son rappel par le Roi, l'intérêt de cette affaire n'avait échappé à personne. Le marché du jeudi jetait sur les chemins une foule de paysans soucieux de vendre volailles et légumes, animaux et céréales. On y échangeait aussi des tissus de rase et de cadis, de la bonneterie, des outils et toute une quincaillerie d'objets en fer-blanc. Les charrettes chargées pouvaient verser sur le bas-côté faute d'espace pour se croiser ou de chaussée empierrée. Les travaux semblaient acceptés. Mais une méchante rumeur courait chaque jeudi depuis quelques temps. Il se murmurait que l'intendance d'Auch, à la requête de la communauté de Labarthe, envisageait de réparer et d'élargir à 20 pieds le chemin menant de Saint-Gaudens à Saint-Bertrand, puis à Saint-Béat et à Bagnères-de-Luchon en passant par Valentine, Labarthe, Ardiège et Cier. Ainsi deux charrettes devaient pouvoir aisément se croiser.

- Encore des corvées !

- Et plus assez de temps et de force pour nos travaux des champs !

La nouvelle courait d'échoppe en échoppe puis elle s'envolait vers les communautés dispersées sur les collines et jusqu'au plus profond des vallées à la faveur des retours du marché. Elle se commentait sur la place du village. Elle se déformait, s'amplifiait, gonflait, se nourrissait des colères encore plus fortes si la misère touchait le village. Le jeudi suivant, elle se mutait en questions, en inquiétudes sitôt nourries de nouvelles révélations. Les inondations et les sécheresses ne suffisaient donc pas. Voici que ces seigneurs voulaient encore saigner le petit peuple de ses forces.

Cathérinot entendait ces bruits, ces paroles nerveuses et tendues. Il se devait de suivre avec grande attention le déroulement de chaque chantier prêt à exploser.

Les heures passèrent à dessiner des plans, à calculer, à noter.

Il se fit bientôt apporter des chandeliers pour finir la description d'une courbe à tracer dans la colline. Le compas dans les mains agiles du maître en géométrie, savait inventer une belle route à la pente adoucie. Dans ce chaos de rochers, en architecte souverain, il ordonnait un agencement utile aux hommes pour épargner leur peine.

Le jour s'évanouissait lentement et les bruits de la rue s'éteignaient un à un.

Il extirpa de la petite poche de son gilet brodé, une montre à gousset finement ciselée.

- C'est l'heure…

Il saisit une serviette, vérifia si elle contenait bien une paire de gants blancs, un sautoir de tissu bleu avec sa petite équerre dorée, ainsi qu'un tablier de peau.

Dans la rue maintenant sombre, malgré plusieurs luminaires, il marcha à pas rapide vers la Collégiale et la place de la Tourasse. Il pénétra dans la rue du Carro.

35

La rue du Carro déserte se coulait dans la pénombre. Jean-Baptiste Cathérinot frappa trois fois à l'une des portes. Deux coups rapprochés, une attente et un troisième coup. La porte s'entrouvrit. Un visage l'observa puis lui fit signe d'entrer et referma promptement la porte.

- Bonsoir mon Frère Jean-Baptiste !

- Bonsoir mon Frère Mariande.

L'avocat le prit dans ses bras pour une chaleureuse accolade. Dans le vestibule faiblement éclairé dont les fenêtres étaient masquées par des tentures sombres, il reconnut le rire caractéristique de son ami le chevalier d'Ercé. Ils se congratulaient quand la porte s'ouvrit sur le baron de Sainte-Gème qui vint se joindre à eux.

- J'aime votre zèle dans l'amitié ! dit-il en riant.

Chacun noua sur sa taille un tablier blanc laissant dépasser une épée sur le flanc gauche. Ils déposèrent leur tricorne sur une table et enfilèrent des gants blancs. Ils entrèrent lentement dans la salle de cérémonie qu'ils nommaient Temple.

Quatre heures plus tard, tous ressortirent et se retrouvèrent dans le vestibule.

- Etes-vous instruits, mes chers frères, de cette affaire du chevalier de la Barre ? questionna le frère Mariande.

- J'en ignore tout !

- Je n'en sais pas plus !

- Il se trouve que mes activités d'avocat me conduisent, vous le savez, assez souvent à Toulouse. Vous n'ignorez pas que je visite les Loges. Un frère nous a conté s'occuper, pour notre bon philosophe Voltaire, de la publication à Amsterdam, sous le pseudonyme de monsieur Cassan, d'un livret qui narre ce funeste événement. Arrouet est absorbé par la défense de Sirven, aidé en cela, comme pour Calas, par l'un de nos frères, avocat au Parlement de Paris, le célèbre Elie de Beaumont. Il n'a pas pu embrasser assez tôt la cause du malheureux chevalier de La Barre.

Le frère Mariande avait attiré l'attention et l'écoute de l'assemblée.

- Une bien étrange affaire s'il en est. En cette bonne cité d'Abbeville, quelques jeunes hommes furent accusés d'avoir dégradé un crucifix, d'avoir déposé des immondices sur un christ du cimetière et de ne point s'être découvert lors du passage d'une procession. Le Procureur du Roi sollicita des monitoires pour écouter des témoignages et conduire son enquête sur ces actes d'impiété. Très vite, on accusa le chevalier de la Barre et plusieurs de ses amis. Ces derniers prirent la fuite sur le conseil de leur famille. Ne resta que le jeune chevalier qui fut arrêté. On trouva chez lui un livre de Voltaire, ce qui aggrava son cas bien qu'il ait nié avec force être l'auteur de ces dégradations.

L'assemblée, attentive à son habitude, écoutait la narration.

- Bien qu'il ne fût pas prouvé qu'il eût été l'auteur de faits reprochés, le chevalier fut condamné à avoir la langue tranchée et à être soumis, au préalable, à la Question Ordinaire et à la Question Extraordinaire. Le malheureux tout juste âgé de vingt ans supporta les pires souffrances qui fussent.

Un sentiment de dégoût se lut sur les visages. Chacun avait entendu narrer les douleurs et les cris affreux provoqués par l'estrapade, quand le supplicié attaché par les mains dans son dos était suspendu et sentait ses épaules se disloquer. Avait-il été soumis au terrible chevalet qui écartelait le corps. Personne n'osa dire mot.

- On lui brisa les os des jambes. On ne mit fin à son supplice que pour qu'il ne décédât pas avant de monter à l'échafaud. Comme il avait fait preuve de grand courage, on renonça à lui arracher la langue. Le bourreau le décapita et le jeta dans le bûcher, avec le Dictionnaire Philosophique de Voltaire trouvé chez lui.

Les yeux de plusieurs frères devinrent plus luisant. Le chanoine De Giscaro baissa la tête, pris par l'émotion du récit. Un grand silence se fit.

- Mes Frères, dit Cathérinot. Nous devons demander au Roi d'abolir la question. Usons de notre influence pour mettre fin à cette torture indigne.

- Tu as raison mon frère Jean-François. Sollicitons le sieur Arrouet. Sa verve et sa plume sont des armes contre l'obscurité de la barbarie. Soyons des sentinelles vigilantes, promptes à prendre la défense des malheureux injustement accusés.

La discussion se poursuivit sur le ton d'une gravité empreinte d'émotion. Il fallait réfléchir et surtout agir. Il n'était plus possible d'accepter cet arbitraire qui déshonorait la monarchie. Le Roi lui-même, on en était certain, ne pouvait agréer pareille infamie.

L'heure s'avançait. Chaque frère rangea son tablier, ses gants. Chacun, du tiers ou du clergé, retira son épée pour la suspendre. On se congratula et l'on se sépara.

Dans la rue, les rares lueurs ne pouvaient percer le secret de ces silhouettes qui s'éloignaient en silence, certaines pour s'engouffrer dans une voiture stationnée place de la Tourasse, d'autres pour se perdre dans les ruelles et rejoindre leur maison. Chaque frère avait vécu un moment d'amitié et d'échange. Au diable les profanes qui les imaginaient diaboliques, sacrifiant à des cultes de Satan, ou autres fadaises qui couraient çà et là.

Cathérinot referma mieux encore son manteau. Il commençait à faire froid et un petit vent piquant venait de la Collégiale.

- Dans quelques jours, je vais visiter notre ami De Fondeville en sa demeure de Marignac. Jean de Sallenave qui remplace notre Intendant d'Etigny, je l'espère provisoirement, me charge, avec messire de Lassus son Subdélégué, d'étudier la possibilité d'une route franchissant les monts de Pyrène par les deux ports les plus faciles, le Portillon et celui qui mène à Benasque.

L'idée intrigua le chevalier qui l'accompagnait.

- Voilà une très belle entreprise, certes. Mais veut-il risquer d'ouvrir la porte aux Miquelets ?

- Ou plutôt permettre le passage de nos marchandises. Bertrand saura me conseiller. N'est-il pas l'un des grands utilisateurs des chemins de montagne pour ses mules et pour importer ses laines de Benasque ?

36

Cathérinot dirigea sa monture le long du chemin de pierre qui serpentait au pied du château. La porte cochère qui mène à la cour était ouverte. Il entra en baissant la tête pour ne point heurter le porche. Un valet s'approcha en courant pour saisir la bride du cheval et le conduire à l'écurie pour quelques soins.

Cathéninot suivit un autre domestique qui l'introduisit dans la vaste demeure et lui fit emprunter le grand escalier. Bertrand de Fondeville prenait congé d'un visiteur lorsque l'ingénieur entra dans son cabinet de travail.

A la vue de la caisse qu'il ajustait sur son dos, l'ingénieur comprit que l'homme était un colporteur. Il replaçait sur sa tête un chapeau à large bord, fermant d'un geste vif son manteau. Il salua d'un grognement frustre. Le valet, qui avait conduit Cathérinot à l'étage, descendit avec l'ambulant pendant que Bertrand de Fondeville déposait une bourse bien rebondie dans sa grande armoire qu'il verrouilla.

Cathérinot ne pouvait se douter que ce colporteur assurait une tournée particulière. Il achetait à vil prix des paillettes d'or à des orpailleurs clandestins qui faisaient rouler leur batée sur les proches rivières d'Ariège. Obligés de vendre leur précieux métal aux comptoirs de Pamiers ou de Toulouse, et de risquer de tout perdre en ces chemins peu sûrs, ils préféraient commercer avec le contrebandier. L'homme assurait ses livraisons secrètes à Bertrand de Fondeville.

- Entrez donc mon bon ami ! s'exclama le seigneur de Marignac en ouvrant ses bras. Que me vaut cette visite ?

- Je dois vous entretenir d'un projet de messire l'Intendant.

- Venez donc vous assoir et nous deviserons plus à notre aise.

Les deux amis se déplacèrent vers les confortables bergères qui somnolaient près de la cheminée dispensatrice d'appréciables douceurs calorifiques promptes à atténuer les fraîcheurs de l'automne qui s'annonçait.

- Comment va notre Intendant. Voici près d'un an que le Roi l'a rappelé à Paris. On le dit en disgrâce.

- Si fait. Ce désamour de notre bon souverain n'est peut-être pas étranger à la demande qu'il m'a fait parvenir par un pli urgent. Son idée tient certainement à sa volonté de retour en grâce.

- En voilà du mystère. Parlez mon ami, parlez donc.

- Messire Mégret d'Etigny me demande d'étudier la possibilité de tracer une route qui franchirait les Pyrénées à la suite de celle de Bagnères-de-Luchon.

Bertrand de Fondeville se rembrunit. Il devint songeur. Un silence s'installa.

- Vous ne dites rien Bertrand ?

- Souffrez que je médite quelques instants sur cette idée saugrenue. Ouvrir un boulevard aux Miquelets et aux bandits qui pourront plus facilement encore fondre sur nos communautés pour voler, piller, incendier ! Comprenez mon étonnement.

- Messire d'Etigny n'ignore rien de ces risques. Je le soupçonne de vouloir faciliter le commerce entre les deux royaumes à la faveur de la paix.

- Une bien noble intention, je vous l'accorde. Mais une route en ces hauteurs, toujours fermée par la neige de l'hiver, la dépense ne vous paraît-elle pas disproportionnée.

On dit les caisses du royaume presque vides.

- Comment sonder l'âme et de cœur de notre Intendant ? N'étions-nous pas surpris voici quelques années de ses envies de routes vers Bagnères-de-Luchon ? Comment ne pas en saluer le succès aujourd'hui. Les visiteurs affluent de tous les horizons. Des maisons se construisent. Des affaires enrichissent les gens de la vallée. Accordons-nous sur ses vertus de visionnaire éclairé.

Bertrand se leva pour arpenter le parquet grinçant de son cabinet de travail.

- Qui mieux que vous, mon ami, pourrait indiquer à un modeste ingénieur les meilleurs passages dans la montagne ?

Bertrand s'approcha de la fenêtre qui s'ouvrait sur le paysage grandiose du Pic du Gar, sur l'autre rive de la Garonne. Il regarda les deux radeaux qui, au loin, filaient dans le courant. Il soupira.

- Il me semble que cette initiative de notre Intendant vous procure quelques désagréments.

Bertrand se retourna, rompant son silence.

- Détrompez-vous, mon ami. Aucun trouble ne m'envahit. Je pense à la meilleure façon de vous aider. Rapprochons-nous de mes cartes. Celles de Cassini sont anciennes mais je les ai moi-même agrémentées de mes observations.

Bertrand se dirigea vers la belle armoire de bois sculpté. Il fit pivoter sa clé et en extirpa un rouleau qu'il étala sur sa table de travail.

- Ici se trouve l'Hospice, dernière halte avant d'entreprendre la montée vers Benasque.

Bertrand donna des indications précieuses sur les pentes, les rochers, les avalanches connues. Il sembla vouloir noircir le tableau en racontant nombre d'anecdotes de mules emportées par des coulées de neige ou des chutes de rochers. La stratégie n'échappa pas à l'oreille attentive de Cathérinot qui sentit qu'il existait bien un problème. Il écouta donc et fit l'économie de trop de questions.

Quand il quitta le château de Marignac, après un repas frugal mais délicieux, il avait acquis la certitude de l'embarras de son ami. Il décida d'écrire un courrier défavorable à d'Etigny reprenant les mises en garde de Bertrand, bien qu'il les soupçonnât d'être exagérées.

Dans son cabinet de travail, Bertrand de Fondeville lisait une livraison de l'Académie Royale des Sciences. La page était ouverte sur l'article du sieur Guettard: « Mémoire sur les paillettes et les grains d'or de l'Ariège.» Il le referma et vint le placer dans sa bibliothèque, à côté des numéros des années précédentes. Il sonna. Un valet ouvrit la porte.

- Allez quérir mon régisseur sur-le-champ.

Isidore Delplan fut prompt et salua son seigneur et maître. Serviteur intelligent, zélé et surtout muet comme une tombe, il écouta respectueusement.

- Un pli m'est arrivé d'Espagne. On me réclame des fusils, de la poudre et des mules pour le transport de l'artillerie.

Delplan compris tout de suite.

- Dois-je également m'occuper de la vente de l'or en Espagne ?

- Ne dérogeons pas à ce fructueux commerce. Vous chargerez les mules à Saint-Mamet et dissimulerez les paillettes d'or à notre habitude en veillant à bien les répartir entre chaque bête. Les fusils et les barils de poudre sont dissimulés dans la cabane près du col, dans la forêt. Vous la connaissez. Avec la moitié du produit de la vente, achetez des pierres précieuses et au marché de Benasque les plus belles toisons. Voyez avec mon mandataire sur place. Les mules restantes seront vendues à Esterri d'Aneu. Rien ne doit attirer l'attention.

- Il en sera fait comme à notre habitude.

Delplan salua et sortit. Il fallait maintenant mettre en branle cette nouvelle expédition. Il en possédait la solide expérience, connaissait tous les pièges à éviter. Il recevait pour cela de généreux émoluments par son seigneur qui récompensait avec largesse son indéfectible silence.

37

9 jours plus tard
le 26 septembre 1766
Esterri d'Aneu, Pyrénées centrales, Royaume
d'Espagne

Avant de partir pour ce périple en Espagne, Bertrand de Fondeville avait supervisé la dissimulation des petits sacs de poudre d'or dans les paquetages que transportaient les mules.

Il avait ouvert une partie du chemin en tête du convoi, sur son cheval. Delplan fermait la marche. Une bonne dizaine d'hommes, de solides gaillards qui ne semblaient pas avoir froid aux yeux, accompagnaient le cortège silencieux, tous feux éteints.

A la cabane d'Aritéou, on avait extirpé fusils et barils des tas de foin du grenier pour les suspendre aux flancs des bêtes. Le chargement maintenant trop visible, Bertrand et son régisseur avaient abandonné le convoi pour partir plus avant vers les crêtes espagnoles où ce naïf de Cathérinot pensait tracer une route. Les mules guidées par les hommes du seigneur de Marignac avaient emprunté un chemin plus discret.

La troupe s'était formée à nouveau au complet dans le petit village espagnol d'Esterri d'Aneu.

Bertrand de Fondeville referma la porte de l'auberge pour se diriger vers les écuries. Le soleil tardait à se lever. Avant de se hisser sur son cheval, il vérifia ses deux pistolets d'arçon. Fusil en bandoulière, il appela deux de ses hommes.

Dans l'écurie, deux sujets du royaume de France se querellaient en gascon.

Bertrand de Fondeville resta silencieux. De nombreux

Pyrénéens se rendaient en ce village espagnol au florissant marché aux mules. Il ne voulait pas qu'on le reconnût. Il baissa la tête, protégé par son couvre-chef. Il enfourcha sa monture comme son escorte armée. Dans l'obscurité, le trio passa au pas devant la croix de pierre de la place, puis une ruelle les conduisit sur le pont qu'ils franchirent avec l'accord d'un homme de garde. Le chemin de la descente vers la vallée pouvait s'accomplir, mais avec prudence. Plus encore que sur le versant du royaume de France, ici, les bandits veillaient, prompt à détrousser et souvent à homicider.

Ils chevauchèrent en lisière de la plaine qui s'élargissait, avant de longer le rio à flanc de montagne. Bientôt, la vallée se fit plus étroite, les pentes plus escarpées. Il ne faisait pas encore jour. Il redoubla de vigilance.

En se levant, le soleil irisa les crêtes. Le paysage désertique livrait ses pierres et ses flancs sans la moindre végétation. Point de forêts humides comme sur le versant nord. Ici, Pyrène avait soif et respirait la poussière.

Après une rude journée de marche, ils arrivèrent au pueblo de Pobla de Segur. L'unique auberge leur sembla un repaire de brigands qui lorgnaient sur leurs sacs. Bertrand organisa une surveillance. A tour de rôle, toute la nuit, l'un de ses hommes monta la garde, une main sur son pistolet d'arçon et l'épée hors de son fourreau. Maintenant repérés, ils devraient être d'une extrême prudence pour la suite du voyage vers la plaine.

38

L'auberge adossée à la muraille médiévale se réveillait. L'agitation de la rue indiquait que les affaires reprenaient après une nuit sombre et humide. La mer apportait son odeur saline et une légère brume qui estompait les toits. Un valet entra dans la grande salle. Il échangea quelques mots avec le tenancier et grimpa à l'étage pour frapper à l'une des portes. Elle s'ouvrit sur Bertrand de Fondeville qui lui fit signe d'entrer. Le seigneur de Marignac maîtrisait mal la langue catalane mais, à sa grande surprise, le valet s'adressa à lui dans un français, certes approximatif et hésitant, mais parfaitement compréhensible. Il tenait un grand sac de toile.

- Mon maître Ignacio de Pulver y Font, m'envoie pour vous conduire en son hôtel.

- Je suis ton homme.

- Vous devez vous changer. Trop français. Laisser ici *vuestra capa corta et vuestro sombrero des tres pico*[11].

Bertrand ne sembla pas comprendre cette demande. Le valet extirpa difficilement de son sac une longue cape noire et un chapeau à larges bords repliés. Il les défroissa prestement d'un geste vif et les tendit vers de Fondeville.

- Mettez *el chambergo y la capa larga*[12].

Bertrand s'exécuta. Il comprit que ce costume pouvait le dissimuler. Don Ignacio s'avérait prudent et il apprécia cette précaution.

---

[11] *votre manteau court et votre tricorne.*

[12] *le chapeau et le long manteau.*

Dans la rue, nombre de passants portaient des habits pareils aux siens, dissimulant leur visage. La lourde puanteur qui se mêlait au brouillard salé lui souleva le cœur. Des immondices jonchaient le sol souvent de terre battue avec ses flaques de boue. Charrettes et voitures se coinçaient et provoquaient cris et invectives.

Il respira mieux lorsqu'il entra sur une large avenue plantée d'arbres. Bientôt, le valet lui montra l'entrée de l'hôtel particulier du sieur de Pulver y Font.

- Entrez donc monsieur de Fondeville ! dit d'une voix forte un solide gaillard d'une bonne quarantaine d'année du haut de son escalier. Avez-vous bien voyagé ?

- Ma foi, le chemin est long jusqu'à votre belle et brillante ville de Barcelone.

- Vous excuserez mes préventions quant à votre habillement. Notre royaume est encore troublé et l'agitation règne.

Bertrand arriva sur le palier et salua. Le sieur Ignacio lui rendit la politesse. Il le prit par le bras et l'entraîna dans un large couloir en direction de son cabinet de travail.

- Vous les Français, avec vos capes courtes et vos tricornes avez donné une noble idée à notre ministre, le marquis d'Esquilache. Enfin, notre ancien ministre puisque sa majesté Charles le troisième vient de le chasser.

Peu initié aux affaires politiques du royaume d'Espagne, Bertrand écouta avec courtoisie. Il avait entendu parler des troubles qui agitaient les principales villes de la péninsule, mais sans avoir dépassé l'observation de leur retombées sur le commerce.

- Son renvoi n'est pas lié à une affaire vestimentaire je suppose !

- Si fait noble seigneur. Vouloir démunir les hommes de

ces capes qui dissimulent leur épée, et du chapeau qui masque le visage n'est point le fruit d'une adroite politique !

Bertrand s'étonna de la disproportion.

- Vous avez raison. La disette a mis le feu aux poudres. Le pays est pauvre et manque cruellement de ressources. Cette situation affecte nos affaires, et celle qui nous réunit n'échappe pas à ce funeste sort.

Bertrand s'inquiéta. Voilà que son interlocuteur préparait le terrain du marchandage.

- Ne vous alarmez donc pas don Ignacio. Les fusils seront livrés dans les délais et dans le nombre commandé. J'ai avec moi assez de poudre d'or pour réjouir vos transactions.

- C'est que, je ne puis honorer tout de suite le payement de ces deux marchandises. Mes caisses sont presque vides et je ne peux attendre. Pourriez-vous différer ?

Bertrand fut surpris. Il n'était pas dans ses habitudes de faire prêt d'argent. Il eut un premier réflexe de refus. Mais à voir la richesse de la maison, du mobilier, des peintures, des vases, des pendulettes, il se dit que le risque était limité.

- Il me faudra un écrit précis des sommes que je vais vous prêter de bonne grâce.

- Je le rédige sur-le-champ.

Il tira une chaise à lui et s'installa à son écritoire tout en invitant de Fondeville à en faire autant. Ils passèrent en revue les accords négociés, le nombre de fusils et de barils de poudre, les onces d'or, la somme à honorer en retour.

Pris à la gorge, le catalan se vit obligé d'acheter l'or à un cours d'un niveau élevé. De Fondeville venait de rentabiliser son voyage avant même la vente de sa marchandise.

- M'accordez-vous une année pour ce paiement ?

- Je le puis et en accepte le principe ! conclut le seigneur de Marignac.

Bertrand extirpa sa bourse remplie de poudre d'or. Il la posa sur la table. Don Ignacio ouvrit un tiroir. Il installa une petite balance pour peser le trésor. D'accord sur le poids et sur le prix. Il tendit un feuillet plié et cacheté.

- Vous trouverez toutes les informations. Notre convoi de mules arrivera dans quelques jours sur la côte. Les armes et les munitions seront chargées sur une petite barque de pêcheur. Le lendemain, elle entrera dans le port de Barcelone. Il vous restera à décharger sans attirer l'attention.

- Nous en faisons notre affaire.

Bertrand plia le feuillet de l'accord signé et le fourra dans sa poche. Don Ignacio sonna puis donna l'ordre au valet d'alerter les cuisines. Le repas pouvait être servi pour son hôte français.

39

Bertrand de Fondeville, harassé par ces jours de voyage difficiles, avait recouvré ses esprits. Il marchait avec élégance dans les rues de Toulouse.

Il entra dans une belle maison à colombage. Il acheta des mules à naître. Ses hommes viendraient au printemps les regrouper et les conduire dans les grasses prairies de Marignac, de Saint-Mamet et de Moustajon. La Pique, dans sa générosité, déversait ses fertiles alluvions. Son eau fraîche aidait à la pousse d'une herbe de qualité. Les mules nourries en abondance, prenaient du poids et de la force avant d'être vendues à Saint-Béat, à Esterri d'Aneu, à Benasque.

Dans une autre demeure, il vendit un nombre considérable de toisons de laine de mouton.

Puis, il se rendit près de la Garonne pour engager celui qui allait réceptionner les radeaux chargés de ballots.

Sur le quai, des hommes faisaient rouler des tonneaux. On déchargeait du bois de chauffage. On réparait les radeaux formés des longs mâts à descendre vers Bordeaux, direction les arsenaux du Roi à Rochefort. Son attention fut attirée par une invective près d'un tas de bois. A sa carrure, ses cheveux gris et au ton de sa voix, il reconnut Gérard Martin. Les négociations avec un marchand ne se déroulaient pas comme il l'entendait et les menaces tombaient comme grêle au printemps. Les poings fermés, il semblait prêt à distribuer quelques horions bien sentis. Un attroupement se formait et la menace de l'arrivée imminente de la maréchaussée calma un peu les esprits.

Gérard Martin s'éloigna en lançant une menace.

- Je vais revenir avec un fusil ! cria-t-il au marchand un peu sonné que deux autres relevaient avec peine. Tu vas connaître le plomb d'un chasseur de canard !

Bertrand vit monter dans la diligence de Saint-Gaudens, un Gérard Martin à l'humeur massacrante et à l'air taciturne. Il ne dit rien à personne. Un florilège de jurons rentrés ne pouvait sortir de ses mâchoires crispées.

- Tous des crétins... marmonna-t-il.

Ses jambes tressautaient en tremblements nerveux, alors que la berline n'avançait pas encore. Il se pencha à la portière et invectiva les postillons. Puis, il fit glisser son tricorne sur son visage et s'endormit.

40

Il se leva tôt, à son habitude. Un bruit sourd venait de la Garonne toute proche. La belle et vaste maison de Gérard Martin surplombait la rivière juste après le pont. Un porche profond permettait à la route de passer sous une partie de sa bâtisse, juste au bord de la montagne qui soutenait les ruines du château.

Il ouvrit les volets de la porte-fenêtre et se planta sur son balcon de fer forgé. Les premières lueurs du jour révélaient un niveau très haut des flots.

Il souffla et rentra. Il en avait vu d'autre.

Pourtant, quand la nuit dispersa son voile d'obscurité, il revint se planter sur son promontoire. La Garonne charriait maintenant des troncs d'arbres arrachés aux rives en amont. On commençait à s'attrouper.

- L'eau va submerger le Gravier ! pronostiqua un vieux.

- Impossible ! dit un autre qui ne semblait pas croire à ses propres paroles et cherchait à se rassurer.

Les heures passant, l'eau monta encore, jusqu'à effleurer la passerelle de bois.

Un tronc de chêne, lourd, puissant, donna le premier coup de boutoir. Un hêtre puis un deuxième le secondèrent dans cette entreprise de destruction. Il sembla que la nature se révoltât contre les constructions des hommes. Plus têtue qu'un Pyrénéen, ce qui n'était pas commun, elle s'évertuait périodiquement à assécher les récoltes ou alors les noyer ainsi que les rives, faire chuter des rochers, emporter des ponts et des murs de maison. Ici plus qu'ailleurs, les hommes savaient qu'il ne fallait pas défier la nature et surtout les rivières. Accepter leur force, en capter une partie pour actionner les moulins, pour transporter les bois et les marbres, mais toujours avec respect. Des règles strictes s'imposaient à tous pour se protéger au mieux des désastres, ou du moins, ne pas ajouter à l'inévitable.

Coup après coup, la passerelle se décala de ses appuis. L'eau commençait à passer par dessus le plancher de bois.

Gérard revint sur son balcon pour regarder le spectacle. Il soupesait les avantages et les inconvénients de ces dégâts. Fournir le bois aux scieries pour les charpentiers n'allait pas compenser la perte due aux voiturages qui devraient effectuer un sévère détour.

Un sourd craquement signala l'agonie de l'édifice. Une poutre se brisa net sous le coup d'un nouveau tronc. La passerelle commença à se disloquer puis à basculer, enfin à plonger dans les flots et à entamer son voyage vers la plaine en aval.

Gérard enfila sa veste, noua brutalement sa longue chevelure grise d'un catogan sombre. Il ajusta son tricorne et descendit pour sceller son cheval.

Il me faut vendre au plus vite quelques belles roules pour refaire le pont, se dit-il en s'éloignant de Saint-Béat.

41

Notaire royal scrupuleux, Maître Montané relisait ses notes dispersées en plusieurs feuillets sur sa table de travail. Il se leva pour cheminer dans son cabinet d'écriture et l'arpenta en long et en large, visiblement tracassé. Il n'avait pas encore ajusté sa perruque. Il regarda sa montre à gousset. L'heure lui offrait du temps. Il se résolut donc à sortir marcher un instant.

Le ciel bleu de ce printemps laissait augurer une belle journée. Mais le notaire n'en affichait pas pour autant une mine réjouie. Il savait la cause du nouvel orage à venir.

Il se rapprocha de Taripé et salua les gardes devant la porte d'Espagne. Inutile de se faire d'illusion, aucune fiole ne naviguait sur la Garonne. Il se rapprocha de la rive, planta sa canne à pommeau et, sentinelle provisoire, observa les flots gris et bruns qui charriaient vers la pleine des eaux de fonte de neige chargées des sédiments arrachés aux rives meubles.

Un long temps passa sans que le moindre radeau ne passe. Il en soupçonnait la raison. Son visage se fit plus grave encore.

Il devisa avec un menuisier qui réparait une porte et ajustait le bois à l'encadrement.

- Bien le bonjour !

- Bonjour maître Montané, répondit l'homme en levant les yeux vers le notaire.

- Avez-vous vu des radeaux aujourd'hui ?

- Pas un seul ! Voilà trois jours que je travaille à faire les volets de cette maison et je n'ai rien vu sur la rivière.

Non, rien.

Maître Montané se tint le menton. A l'évidence, l'étrange absence de radeaux devait avoir un lien avec le mot que l'on venait de lui apporter. Gérard Martin lui demandait expressément de le recevoir en fin de journée, et, précisait-il, l'affaire était d'importance et ne pouvait souffrir aucun retard. Pas de doute, Martin disait une fois de plus sa colère entre les lignes. Etait-il en dispute avec les radeliers ? Avec d'autres marchands de bois? La soirée apporterait ses réponses.

Montané décida de s'accorder quelque plaisir. Il repassa la porte d'Espagne et se dirigea vers la maison du billard avec l'intention de jouir d'une partie.

Le matin même, Gérard Martin avait réuni, en sa maison, plusieurs marchands de bois de Saint-Béat et de Fos.

- Ce nouvel attentat est une déclaration de guerre !

- Tu as raison. Nous autres, marchands de Fos, nous subissons pareille tyrannie. Voilà des années que nous demandons le respect de nos coutumes, que nous saisissons le notaire et la justice des deux royaumes pour signifier nos requêtes mais il se trouve toujours un coquin pour vouloir tondre notre laine sur le dos.

- Ils veulent provoquer notre ruine ! C'en est trop ! Il a fallut combattre Tarissan et les Consuls ! grommela un marchand de bois de Saint-Béat sans se lever de sa chaise, approuvé par les autres.

- Ils n'ont pas renoncé à nous taxer pour le pontage ...

L'assemblée approuva d'un signe de tête. L'un des marchands, plus âgé que les autres, demanda la parole.

- Ne nous voilons pas la face, mes amis. Notre pays de Pyrénées est gouverné par deux lois différentes et en opposition...

- Nous le savons cela ! coupa Gérard en colère.

- Certes. Mais un général doit connaître le champ de bataille, s'il espère une victoire. D'un côté nos droits ancestraux sont garantis par tous les rois, depuis les traités de Lies et Passeries que toutes les vallées de France et d'Espagne ont signés au Plan d'Arrem le 22 avril 1513.

L'assistance d'une bonne dizaine de marchands de bois n'avait pas oublié ces accords qu'il fallait faire approuver et reconnaître à chaque changement de souverain, et dans les deux royaumes frontaliers. Les Pyrénéens assemblés avaient mis fin à leurs querelles de territoire en organisant une entraide entre les vallées, en abolissant les droits de douane. Ainsi, les habitants de la haute vallée de Garonne dite Val d'Aran, côté espagnol, isolés de leur royaume pouvaient venir se ravitailler sans taxe en vivres, en farine, en marchandises diverses sur les marchés et foires de Saint-Béat, apportant une richesse vitale à la communauté de la cité royale. En contre partie, les marchands de bois pouvaient exploiter les forêts du Val d'Aran, jeter les troncs dans la Garonne, former des radeaux et les convoyer par les radeliers jusqu'à Toulouse.

Mais très tôt, les agents du Roi, déjà sous François 1er avaient menacé ces accords. Les fermiers de péages, les Maîtres des Eaux et Forêts cherchaient à imposer des taxes. Il s'ensuivit des troubles dont les vallées avaient conservé une vive mémoire qu'évoquait devant l'assemblée le vieux marchand à l'érudition certaine. Sitôt fortune faite, il avait confié ses affaires à son fils pour s'adonner à la construction d'un cabinet de curiosité en sa belle demeure nichée sur les hauteurs de la cité. Pierres étranges, coquilles inconnues, objets divers achetés à des voyageurs, le tout agrémenté de vieux documents. Son désir de connaissance le poussait à se rendre à Saint-

Gaudens où il fréquentait la Loge des Francs-Maçons, ainsi que celles de Toulouse où il pouvait côtoyer des membres de l'Académie. Son amitié avec maître Montané l'avait enrichi d'une connaissance certaine de l'histoire locale.

- Cette saisie de nos bois au Val d'Aran n'a rien d'original.

- Raconter des histoires des temps anciens ne va pas libérer mes roules ! trancha Gérard comme un coup de hache sec. Mes acheteurs de Toulouse attendent leur marchandise. Voilà tout ! Groupons des hommes. Armons-les de bons fusils et chevauchons vers le Val d'Aran.

- Allons Martin ! Crois-tu qu'en glissant une balle dans ton arme tu vas résoudre ce désordre ?

- J'en mettrais trois de conserve à mon habitude lorsque je chasse le gros gibier. A l'action contre cet attentat qui nuit à nos affaires ! Les Miquelets savaient se faire entendre eux !

- Nos anciens, dans leur sagesse et leur désir d'aboutir, ont eu raison en demandant le respect des traités. Pas en guerroyant.

- Du moins pas en plein jour !

Le vieux marchand sourit.

- Je propose que Martin et toi, Soumastre soient par nous désignés syndics des marchands de bois de Saint-Béat et de Fos. Rencontrez ensuite maître Montané pour faire acte de sommation, comme nous le fîmes déjà en l'an de grâce 1756. Le notaire est au fait des accords du passé. Il saura rédiger un acte qui portera notre légitime protestation devant la justice du Roi et de sa majesté catholique d'Espagne.

Gérard hésita. Les fusils avaient sa préférence mais il se voyait, dans cette réunion, désigné syndic des marchands.

La proposition flatta quelque peu son besoin de notabilité que la seule fortune naissante ne pouvait encore satisfaire.

En fin de journée, il se retrouvait assis avec Jean Soumastre devant la table de travail de maître Montané.

- Voici ce que je vous propose, à partir des informations dont je dispose et de celles que vous m'avez données voici deux bonnes heures...

- Et que nous devons signer ! coupa Gérard Martin en grattant sa tignasse grise désordonnée qui contrastait avec le raffinement d'un gilet si mal porté.

Montané regarda Martin par dessus ses besicles et se tut un instant. La parole d'un notaire royal ne se coupait pas ainsi. Il marqua donc une pause. Martin souffla comme un taureau impatient. Le notaire reprit la lecture, commençant par les formules habituelles sur le lieu, la date de l'acte établi en sa présence...

- « *Gérard Martin et Jean Soumastre, respectivement habitants de Saint-Béat et Fos, syndics des marchands négociants en bois de la présente ville et autres de la frontière française, en la province de Guyenne, nous ont dit que les traités appelés Lies et Passeries, faits entre la dite frontière française et la frontière espagnole en la vallée d'Aran, province de Catalogne, ait été établie une union et concorde pour vivre réciproquement en temps de paix et en temps de guerre comme concitoyens et qu'en conséquence, les habitants de la vallée d'Aran, sujets de sa Majesté catholique, jouissant de plusieurs privilèges considérables et exemptions de droits comme s'ils étaient français... et par réciproque les marchands...*

- Voilà qui est bien vrai ! ronchonna presque Gérard Martin interrompant à nouveau le notaire qui leva les yeux vers le turbulent. Il marqua une nouvelle pause avant de reprendre.

-...et par réciproque les marchands de la frontière française qui achetaient des bois dans la dite vallée d'Aran pour les faire passer en France, n'ayant pas été assujettis aux droits de leude de temps immémorial et jusques à ce que le fermier des droits de sa Majesté catholique a entrepris de les forcer au paiement de certains droits de leude qui n'avaient jamais été perçus et ne devoir point l'être, vu que si la frontière espagnole jouit de la franchisse que les rois très chrétiens leur ont conservé, il est bien juste qu'à son tour sa majesté catholique fasse jouir la frontière française des franchisses réciproques dont ils ont joui, et ce fermier avide a consommé l'oppression faite aux marchands français en saisissant toute leurs marchandises et les empêchant par là à les transporter en France, ce qui les empêche de remplir leurs engagements avec les marchands de Toulouse, Bordeaux et autre...

Montané poursuivi sa lecture lente et monocorde de l'acte qu'il avait rédigé. Gérard Martin ne tenait plus en place. Ses jambes s'agitaient de tremblements. De temps à autre, il levait les yeux et la tête vers le plafond, soufflant comme un cheval fourbu. Comment se taire, ne pas manifester sa colère ? Chaque jour qui passait lui faisait perdre une somme de Livres, de sols et de deniers qu'il comptabilisait dans son esprit enfiévré. Que de temps perdu et de tracasseries, se disait-il. Un bon coup de fusil aurait effrayé ce fermier des droits. Tous des idiots, des crétins, des lâches, se répétait-il. Aussi durs que la cire des chandelles !

- Par cette saisie, il a réduit les marchands français à une ruine inévitable. Ils protestent de se pourvoir de nouveau devant sa majesté catholique et son conseil pour réprimer la conduite du dit fermier et obtenir restitution

des exactions qu'il a faite sur eux, et leur dommage et intérêts et indemnité pour la rétention des marchandises, et la cessation de leur commerce, protestent pareillement contre le syndic des communautés de la vallée d'Aran...

Gérard se leva pour se rendre à la porte-fenêtre qui donnait sur la Garonne. Le flot tumultueux s'écoulait avec fureur. Le niveau de la rivière s'était élevé. Une crue se préparait-elle, avec ses débordements désastreux ? Il vit passer un tronc. Muni encore de ses branches, il ne pouvait qu'avoir été arraché à la rive. Il n'annonçait pas la fin du blocus des roules au val d'Aran. Gérard souffla encore et revint s'assoir pour entendre la suite des mots du notaire.

- *Les comparants déclarent qu'ils le signifieront personnellement en présence de deux témoins et réclameront la justice au conseil de sa majesté catholique et des tribunaux qui rendent justice en son nom...*

Montané terminait sa lecture que Gérard n'écoutait plus. Il se voyait prendre la tête d'une petite troupe armée, passer la frontière par les crêtes, s'approcher du village de Lès, siège de la baronnie. Attacher les chevaux à l'écart. Un homme pour les garder. Se faufiler dans les ruelles sombres. Arriver près de la maison de la ferme des droits. Poser un tas de fagots devant la porte. Faire entrer deux hommes dans la grange attenante. Et au sifflet, battre le briquet pour enflammer les brindilles sèches et le foin. Courir vers les chevaux en laissant un homme en couverture, son fusil chargé pour décourager d'éventuels poursuivants. Enfourcher les montures, prendre le chemin des bois et filer vers les crêtes, en laissant suffisamment de traces pour que le baron de Lès sache d'où venait l'attentat et quel en était le sens. Puis Gérard se dit qu'il était amis avec le baron, et qu'il savait négocier avec lui de belles affaires de bois. Non, il fallait uniquement effrayer le fermier et ne pas gêner son noble ami et partenaire commercial.

Maître Montané le tira de ses rêveries d'aventure en l'invitant à signer l'acte, comme venait de la faire Soumastre.

42

Dans la grande salle à manger de l'hôtel de Lassus, la famille rassemblée échangeait avec esprit. La petite fraîcheur automnale obligeait à faire grand feu dans la large cheminée qui s'ornait du blason sur fond d'or, barré d'une bande rouge sang engrêlée de gueules, portant deux grenades feuillées. L'écu flamboyant disait au visiteur la noblesse et le prestige de cette famille issue du petit village d'Azet en vallée d'Aure.

Marc-François de Lassus-Camon, maître des lieux fier de ses soixante-seize ans, coiffé d'une perruque raffinée quoique très sobre, présidait comme à son habitude. Installé à l'extrémité de la longue table, il possédait l'art de lancer adroitement un sujet ou orienter finement les discussions.

Marie-Claire de Roques, son épouse, toujours à ses côtés, approuvait et relançait les échanges avec souplesse par quelques petits mots, débuts de phrases anodines en apparence mais qui ouvraient discrètement les portes de nouvelles pistes à explorer, toujours avec légèreté. Elle ne supportait pas les propos agressifs, nerveux et tendus. Sans protester, elle savait diluer la fureur d'un torrent par un sourire, une amabilité. La fatigue des années pesait sur ses maigres épaules, mais elle tenait son rang avec grâce. Toute en mesure, elle canalisait, régulait.

Marc-François appréciait à sa juste valeur ces qualités qui concouraient au prestige de sa maison, à l'origine d'une renommée qui avait dépassé les frontières du pays de Nébouzan et de la généralité de Guyenne. A la Cour même, on louait l'hospitalité de ce Contrôleur des

Marbres qui ouvrait sa demeure aux visiteurs venant prendre les eaux à Bagnères-de-Luchon.

Placé au centre du pouvoir local par ses fonctions et celles de Subdélégué de son frère Jean-Joseph de Lassus-Duperron, il faisait montre d'un sens de la diplomatie qui s'apparentait à la survie. Marc-François tenait toujours à trouver le juste équilibre entre les points de vue. Les ordres qui arrivaient de Versailles, ou du duc de Richelieu, ou de l'Intendant d'Auch, se heurtaient souvent à la susceptibilité des Pyrénéens. Il fallait donc composer, pris en tenaille entre les risques de la disgrâce royale et de l'émeute locale.

Dans les salons de Montréjeau, on ne vivait pas hors du temps et du pays de Pyrénées, mais on savait se mettre judicieusement à l'écart pour espérer gérer les affaires avec sagesse.

Le repas ne pouvait encore commencer car une chaise restait vide. Il manquait encore Lassus-Duperron étrangement en retard, ce qui n'était pas dans ses habitudes. Le frère du Contrôleur des Marbres, de douze ans son cadet, respirait la poudre et le feu. Une énergie souvent proche de la colère, semblait bousculer ses rouages. Sa charge de Subdélégué de l'Intendant l'obligeait à régler de nombreux conflits, et celui des radeliers n'était pas de tout repos. Les placets et doléances connaissaient l'adresse de son château de Gourdan. L'administration du Roi pouvait exprimer de délicates demandes. Ainsi, pour les séjours du maréchal-duc de Richelieu, il avait dû fournir du gibier pour sa table. Le Consul de Fos, sollicité pour chasser les volatiles, n'avait que peu goûté cette obligation et s'en souvenait.

Jean-Joseph arriva enfin, un peu courroucé. Il salua la famille, ne s'étendit pas en compliments et s'assit nerveusement. Puis, se ravisant en voyant en face de lui Pierre-Clair, encadré de Jaquette sa mère et Bertrand de Fondeville son père :

- Je vous souhaite le bonjour monsieur mon filleul !

- Bien le bonjour monsieur mon parrain, répondit Pierre-Clair, le regardant avec intensité.

A quinze ans, on rêve de gloire et d'épopées. Jean-Joseph représentait pour lui un chevalier des temps modernes qui utilisait le droit et la justice pour ses conquêtes, pour ses batailles. Les chartes et accords formaient boucliers, remparts ou armes d'assaut. Point de sang mais de la loi.

Son père lui avait accordé l'espoir d'étudier à Toulouse pour devenir avocat. Tant d'injustices, de violences et d'agressions le dérangeaient profondément sans qu'il puisse en donner une explication. Sa jeunesse ne l'avait pas encore confronté aux philosophes mais animait une flamme intense dans son cœur. Son peuple des Pyrénées souffrait. La misère se couplait à la violence. Là serait son combat, au service des hommes.

Bertrand de Fondeville percevait les aspirations de son fils. Il cherchait déjà pour lui une seigneurie à acheter afin de lui offrir les moyens de réaliser ses rêves que les seuls honoraires d'avocat motivé par les affaires locales ne pourraient combler.

- Que l'on serve le repas ! annonça Marc-François.

Comme pour une pièce de théâtre à la mise en scène soignée, les valets en livrée entrèrent en cérémonie dans la salle à manger, chacun portant un plat. La table s'ornait d'une vaisselle raffinée provenant d'une faïencerie de Martres. Elle s'enrichissait de verres d'un pur cristal. Un appétissant parfum des gibiers flottait dans la vaste pièce éclairée de grandes fenêtres.

- Alors mon cher frère, que nous vaut cette surprenante arrivée, sourit Marc-François.

- Encore une méchante affaire !

- Etes-vous assuré que de jeunes oreilles comme celles de notre Pierre-Clair puissent les ouïr sans défaillir ? sourit Marie-Claire de Roques en regardant l'assistance.

- A l'évidence. Ce que je vais vous narrer contribuera à sa connaissance de notre pays.

Le jeune Pierre-Clair buvait ces paroles.

- Nous savons tous ici que notre regretté Mégret d'Etigny s'opposa avec force énergie à la création d'une autre route de Saint-Gaudens à Saint-Bertrand passant par Valentine et Labarthe, route demandée par Monseigneur l'Evêque d'Osmond. En somme une nouvelle voie à quelques longueurs de l'actuelle refaite à grand frais.

- Il ne nous est pas inconnu également, précisa d'un ton calme son frère le Contrôleur des Marbres, que monsieur de Trudaine donna à Journet, le successeur de notre ami Intendant, ordre formel de discontinuer le travail d'élargissement des chemins entre ces villages. Ainsi, de fait, il indiquait à celui-ci que la nouvelle route de l'évêque était approuvée par Versailles.

- ...Et que je dus, la mort dans l'âme, mettre fin à ces travaux, précisa le Subdélégué. L'Intendant Journet prit alors une ordonnance enjoignant aux communautés de Guyenne de fournir à l'ingénieur des Ponts et Chaussées Cathérinot, des piquets, des perches, des jalons, et des hommes pour tracer et ouvrir cette nouvelle route.

- Alors que six voitures peuvent passer de front sur la grande route de Montréjeau à Saint-Gaudens, s'étonna Bertrand de Fondeville. Quelle est donc ici l'utilité d'un tel chantier ?

- Une nouvelle route qui va faire gagner à Monseigneur

d'Osmond un tout petit quart d'heure, dit le Contrôleur, entraînant toute la tablée dans un rire généreux.

- Lui qui ne fait qu'une fois l'an ce voyage depuis son palais d'Alan, ou de sa résidence de Saint-Gaudens.

- Voilà une dépense bien inopportune qui éloigne nos cultivateurs de leurs champs et ruine le pays, dit Bertrand.

- Mais savez-vous ce que répliqua notre évêque à l'Intendant ? Que si cette route de Labarthe ne se faisait pas, les quarante cinq mille livres des travaux du pont de Valentine seraient pure perte, l'ouvrage devenant inutile...

- L'astucieux personnage que voilà !

Pierre-Clair sembla s'amuser de cette histoire dont il ne percevait pas tous les ressorts.

- Notre Contrôleur des Routes, le sieur Dussaux, demanda donc le mois dernier aux Consuls de Labarthe, de Villeneuve de Rivière et de Sauveterre de fournir les piquets pour tracer la route. Estrampe, le premier Consul de Labarthe, lui indiqua deux jours plus tard que personne ne voulait obéir à ces ordres. Il en fut de même tout au long du tracé de la route. Dussaux dut acheter des piquets et louer des journaliers pour marquer le tracé. Voici dix jours, dans la nuit, ces piquets ont été arrachés à Labarthe, à Martres et à Valentine. Il y a trois jours, on me rapporte au château de Gourdan que les communes ont pris un huissier qui est venu sur le chantier la veille et à demandé aux hommes de la corvée de se retirer, ce qu'ils ont fait sans tarder. Je me suis donc rendu sur place le 22 et j'ai ordonné de reprendre le travail.

- Il ne vous suffisait pas d'avoir les radeliers sur le dos, mon cher beau-frère, s'amusa Bertrand de Fondeville. Voilà maintenant que les corvéables se rebiffent !

- Riez-donc mon ami ! Riez donc ! La suite ne manque pas de sel. Ce matin, les corvéables de Villeneuve, à la suite de leur Consul, ont repris le chantier. Mais une troupe d'une bonne centaine d'habitants de Labarthe, armés de bâtons et de pierres, avec leur huissier, ont copieusement houspillé leurs voisins leur demandant d'un ton menaçant de quitter les lieux au plus vite. L'émeute fut évitée de justesse, mais jusqu'à quand ?... Demain peut-être, les pierres vont-elles parler. Une forte chicane est en train de naître entre Villeneuve de Rivière et Labarthe. Qui peut dire quand elle s'éteindra ?

- Vous voilà mon frère dans une situation bien embarrassante, pris entre le marteau de l'évêque et l'enclume de la populace, dit le Contrôleur d'un ton plus sérieux.

- D'autant que l'évêque proteste. Ce midi, il m'a dit toute sa colère de voir que ces habitants de Labarthe étaient rebelles à toute espèce d'autorité.

Marc-Antoine de Lassus, oubliant son rôle de grand administrateur des marbres, adopta un ton plus profond.

- Il faut craindre une révolte ouverte. Vous devez dialoguer, monsieur mon frère. Ces misérables ont la férocité en partage. Il convient de les convaincre par la douceur et non par la force. Il faudrait se contenter de faire prendre par corps le premier Consul de Labarthe qui doit mener cette fronde.

43

Plus de 12 et plus tard
Saint-Béat - Pyrénées centrales
10 janvier 1781

Bertrand de Fondeville, seigneur de Marignac, vient d'être fauché par deux balles de métal. Il trépasse. Son fils Pierre-Clair gît à ses côtés sérieusement blessé. Il hurle de douleur. Bertrand entend sa plainte qui devient lointaine. Il se sent s'enfoncer dans le néant.

Il revoit sa douce Jacquette, ses fils bien-aimés, son père, sa mère. Puis s'impose la figure terrifiante de Martin. Est-ce lui qui vient de le percer sur le flanc ?

Il sent le fluide vital qui s'échappe. Il ne peut bouger sur ce lit de neige fraîche. Il voudrait crier comme son fils mais il ne peut. Il entend celui-ci qui s'éloigne en hurlant à l'aide.

Est-ce le marchand de Barcelone mécontent qui aurait engagé un tueur ? Est-il victime d'un des clients de son commerce illicite d'or, de fusils, de mules qui aurait été grugé par un intermédiaire peu scrupuleux ?

La figure de Martin lui revint, massive, puissante, éructante. Il revit alors tous les événements dramatiques qui perturbèrent la vie de la vallée et de sa famille ces dix dernières années. Tous se bousculaient mais lentement, très lentement, à mesure que son esprit s'emplissait d'une énigmatique lumière blanche de plus en plus intense. Il ne sentit plus le froid de la neige, la douleur sur son flanc. Il eut la vague sensation de glisser inexorablement vers l'inconnu.

Martin, oui, Martin venait de tirer sur lui.

L'affaire du meurtre de Saint-Béat commençait. Elle allait perturber la vie de la vallée et mettre au jour bien des secrets.

SOURCES

Une partie importante des sources proviennent des Archives Départementales de la Haute-Garonne, des archives de plusieurs petites communes de l'aire géographique de ce roman, de la BNF, d'archives privées, de pièces de procédure.

Une longue et minutieuse enquête de terrain a permis de retrouver et de situer les principaux lieux précis de cette histoire et en particulier la scène du crime actuellement enfouie sous les ronces.

Personnages historiques principaux du roman

La Famille de Fondeville

- **Pierre de Fondeville:** seigneur de Saint-Mamet, de Moustajon. Il résidait principalement au château de Saint-Mamet. Marié à **Françoise de Moustajon.** Il ne reste que des ruines de son château de Saint-Mamet.

- **Bertrand de Fondeville** (1726- 1781) : fils de Pierre, seigneur de Marignac. Il résida à Saint-Mamet, puis en son château de Marignac (dit château d'Espouy) qui existe toujours sur les hauteurs du village. Il se maria à Montréjeau le 6 juin 1750 avec **Jaquette de Lassus** (1730-1789), fille du Contrôleur Général des marbres du Roi.

- **Pierre-Clair de Fondeville:** (1753 à St-Mamet- 1828 à Labatut-Rivière): fils de Bertrand, vicomte de Labatut, seigneur de Saubagna. Résida au château de Marignac, puis à Tarbes (sa maison porte une plaque à son nom), et au Château de Labatut-Rivière qui existe toujours bien qu'en très mauvais état. Devint chef de la Garde Nationale de Tarbes, premier maire de Tarbes (1790), premier président du Conseil Général des Hautes-Pyrénées. Il publiera plusieurs livres. Franc-maçon à loge La Paix de Tarbes. Marié à **Marie-Angélique (Alexandrine Clotilde) de Gémit de Luscan:** (1756-1838).

La Famille de Lassus

- **Marc-François de Lassus-Camont dit «Le grand Lassus»:** (1692 à Montréjeau-1780 à Montréjeau) Contrôleur des marbres du Roi. Habitait en son hôtel particulier de Montréjeau actuellement restauré.

- **Jean-Joseph de Lassus-Duperron:** (1704 à Montréjeau-1775). Frère du Grand Lassus. Inhumé dans l'église de Gourdan (Hte-Garonne). Subdélégué de l'Intendant d'Auch et Pau. Son château existe toujours.

La Famille Martin

- **Gérard Martin:** marchand de Saint-Béat. Commerce des toiles, draps, bois de charpente, charbon de bois. Syndic des marchands négociants en bois de Saint-Béat. Sa maison qui se trouvait entre le pont et la route dite de St Béat à St Gaudens a disparu. Il n'en reste qu'une vue sur une gravure d'époque.

- **Bernard Martin:** marié à Marie Sacaze, marchand et frère de Gérard.

- **Bernard Martin fils dit «Cadet»**: fils de Gérard. Marié à Jacquette Ducuing. Travaille avec son père. Devint maire de Saint-Béat sous la Convention (novembre 1792) puis rejoint le cruel Dartigoyte pendant la Terreur

Son fils **Rose-Gérard Dominique Adophe** deviendra président de chambre à la cour de Toulouse (1835), député de 1844 à 1846 (décédé en 1865 au château de Rochety). Chevalier de la Légion d'Honneur.

- **Joseph Magdeleine Martin:** (1753-1815) fils aîné de Gérard Martin. Devint général de brigade, député de la Haute-Garonne au Conseil des Cinq-Cents, préfet des Pyrénées Orientales.

Les notables de Saint-Béat

François de Bessan de Rap: Procureur du Roi au siège royal du Comminges à Saint-Béat. Il est conseiller municipal de Saint-Béat sous le mandat de Bernard Martin dit Cadet. Son château existe toujours en contrebas de la route qui relie Saint-Béat à Marignac.

- **Soulé de Bézin:** curé de Tuzaguet.

- **François Cailheau de Campels :** Juge Royal de Saint-Béat. On trouve sa signature sur de très nombreuses pièces d'archive, sur les registres d'état civil.

- **François Tarissan:** Consul de Saint-Béat.

- **Montané:** notaire à Saint-Béat.

Autres personnages réels

- **Antoine Mégret d'Etigny** (1719 -1767): Intendant de la généralité de Gascogne, Béarn et Navarre.

- **Maréchal-duc de Richelieu** (1696 - 1788) Louis-François-Armand de Vignerot du Plessis, duc de Fronsac puis duc de Richelieu en 1715. Ami de Voltaire. Sa réception à Saint-Gaudens resta mémorable.

- **Philippe Joly** : Premier Inspecteur des Manufactures à Saint-Gaudens dès 1742. Franc-maçon et fondateur de la loge de Saint-Gaudens en 1748.

- **Jean-Baptiste Cathérinot:** Ingénieur des Ponts et Chaussées. Construisit notamment les allées de Bagnères-de-Luchon appelées aujourd'hui allées d'Etigny, ainsi que la route de Valentine au Bazert.
Franc-maçon à loge de Saint-Gaudens. En 1770, le roi lui accorde cents arpents royaux de la lande de Landorthe. Il déboise et tente de faire fructifier en vain ces terrains, véritables coupe-gorges. Son fils Gaudens devint lui aussi ingénieur des Ponts et Chaussées.

- **Labarthe de Giscaro**: Chanoine de la Collégiale. Franc-maçon dans la loge de Saint-Gaudens.

- **Bernard-Aymable Dupuy** (1707-1789): Maître de Chapelle de la Cathédrale de St Bertrand-de-Comminges (1742), puis de Saint-Sernin à Toulouse (1745-1788), franc-maçon à partir de 1744 à la Loge Saint-Joseph des Arts.

- **Jean-Baptiste-Jacques Elie de Beaumont** (1732-1786) : avocat au Parlement de Paris, célèbre pour ses nombreux mémoires. Pour Voltaire, il rédige les mémoires en défense de Calas puis de Sirven. Il intervient également en écrivant un mémoire pour défendre la famille Martin de Saint-Béat.

L'aire géographique du roman

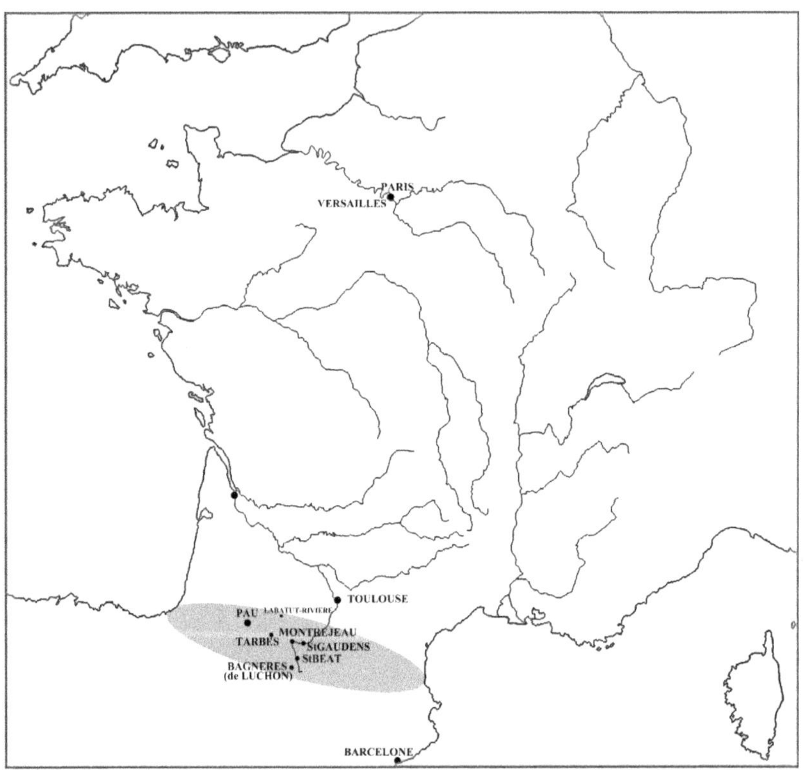

Infographie de l'auteur

L'aire géographique du roman

Infographie de l'auteur

Les lieux du crime

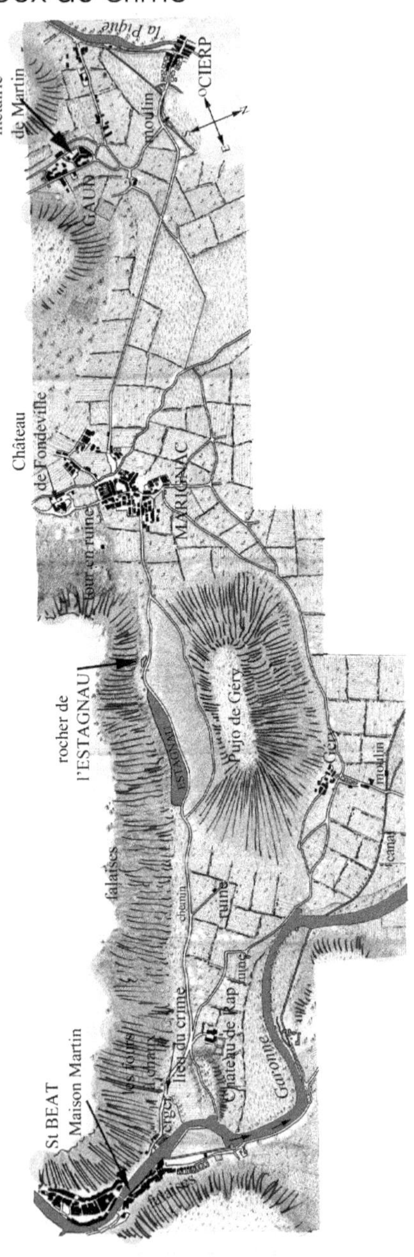

Fac similé (
légendé par l'auteur)
extrait de
« Requête pour M. De Fondeville-
Labatut contre les assassins
de son père.
Par M.Duroux
Toulouse - 1786

Saint-Gaudens en 1750

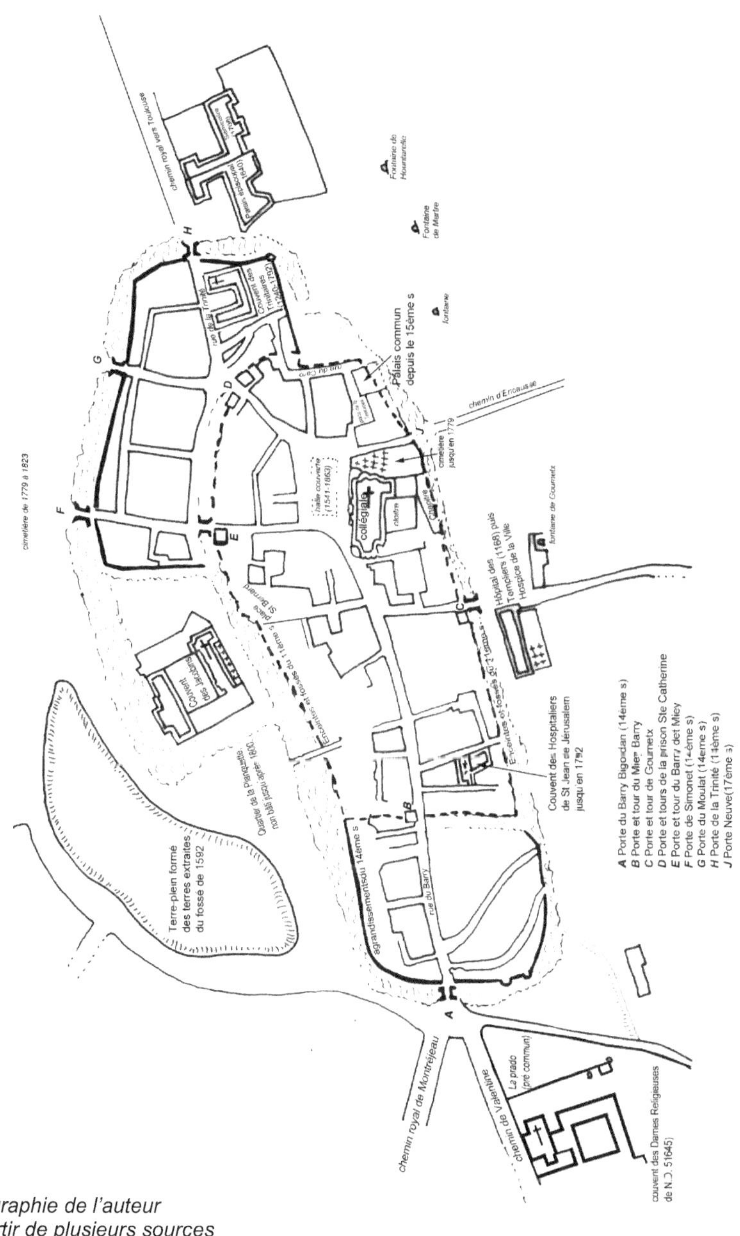

*Infographie de l'auteur
à partir de plusieurs sources*

Contact auteur:

christian.louis22@wanadoo.fr
christian.louis31@orange.fr

Page FaceBook
https://www.facebook.com/christian.louis.3591

illustrations de couverture:

- extrait de « Recueil de planches pour la nouvelle édition du Dictionnaire raisonné des sciences, des arts et des métiers avec leurs explications »- A Lausanne et à Berne. 1781. Droits réservés.
- Flotteurs en bois dans la forêt noire- début 19ème. Droits réservés

Il a été tiré 10 exemplaires numérotés signés
constituant l'édition originale

N°

Achevé d'imprimer en Avril 2019